www.united-pc.eu

Michelle Pyritz

Für immer still

Kapitel 1

„Wie gesegnet kann ein Mensch nur sein?", sagte ich laut, als ich in meinem Garten stand. Ich hatte wirklich äußerst viel Glück. Colin und ich waren gerade mal 6 Monate zusammen. In der Zeit machte er mir einen Heiratsantrag und wir kauften ein wunderschönes Einfamilienhaus. Colin ließ es frisch renovieren, genau nach meinen Wünschen. Er war ein Geschäftsmann und verdiente scheinbar eine Menge Geld. Aus solchen Sachen hielt er mich raus, da er meinte, dass eine Lady mit Geschäften nichts am Hut haben sollte. Colin war genauso, wie ich mir einen Mann immer erträumt habe. Ich war noch nie so verliebt gewesen. Ich hatte jedes Mal Schmetterlinge im Bauch, selbst wenn er mich nur begrüßte zu mir sagte.

Groß, gut gebaut, helle Augen und dunkle Haare. Er war immer gut gekleidet. Anfangs hatte ich ihn immer wieder gefragt, was er mit so jemandem wie mir nur anfangen will.

Aber er beteuerte immer wieder, dass er mich
einfach so liebte,

wie ich nun mal war. Seine Worten waren wie
Magie, er wusste genau welchen Knopf er drücken
musste, damit ich mich gut fühlte. Das war nämlich
nicht immer so. Ich fühlte mich immer klein, dick
und hässlich und hatte das Selbstbewusstsein eines
Esels. Obwohl ich mittlerweile glaube, dass sogar
ein Esel mehr Selbstvertrauen hat, als ich es mal
hatte. Colin gab mir das Gefühl etwas besonderes
zu sein.

 Und er liebte mich, wie ich bin. Das hatte ich
vorher von niemandem erleben dürfen, nicht mal
von meiner eigenen Familie.

Ich kam aus einem kaputten Elternhaus, Colin aus
einer wohl-behüteten Familie. Seine Eltern waren
das, was für mich einer Familie am Nächsten
kommt. Sie waren warm und sehr loyal ihrem Sohn
gegenüber und hatten mich mit offenen Armen
aufgenommen.

„Du verdienst nur das Beste mein Schatz. Machst du dich noch fertig? Lisa kommt nachher vorbei, um mit uns auf unser neues zu Hause anzustoßen.", sagte Colin.

Liiisa, dachte ich mir nur. Seine beste Freundin. Ich kann sie nicht leiden. Wieso genau, weiß ich gar nicht. Ich habe irgendwie das Gefühl, dass sie schon mal was miteinander hatten. Ich hatte Colin schon einmal darauf angesprochen,
 er verneinte das aber vehement. Trotzdem hatte ich ein seltsames Gefühl bei ihr, obwohl sie stets nett zu mir gewesen ist.

„ Klar Hase. Ich bin in einer guten halben Stunde fertig." entgegnete ich. Gute Miene zum bösen Spiel, das konnte ich gut.

Das wurde mir von klein auf in meiner Familie so beigebracht. Egal, ob du Onkel Bert magst oder nicht, du hast ihm zur Begrüßung ein Küsschen zu geben und immer nett zu sein, auch wenn er dich beim letzten Mal betrunken angeschrien hat. Machen Betrunkene nun mal so, das war die Lieblingsausrede meiner Eltern. Das mein Vater nach der Scheidung in die Alkoholabhängigkeit gerutscht ist, das wird aber verurteilt. Nur bei der eigenen Familie ist es O.K.

Ich ging dann hoch durch unser wunderschönes, lichtdurchflutetes Wohnzimmer. Colin hatte wirklich einen schönen Geschmack. Hätte ich es allein eingerichtet würde hier gar nichts zusammen passen. Es wäre einfach ein Ikea Mix ohne Stil. Bei Colin passte alles farblich zusammen. Alles hochwertige Möbel aus Möbelhäusern, die ich nur aus dem Katalog kannte. Weiße hochglänzende Möbel schmücken Küche und Wohnzimmer, eine wunderschöne beige Couch füllt die gemütliche Ecke gegenüber vom Kamin. Der Esstisch aus einer Holzplatte die aussieht, wie frisch aus dem Wald geschnitzt. Vom Tisch aus schaut man durch die langen, großen Fenster raus auf den Garten, wo ein neuer Pool seine ganze Aufmerksamkeit auf sich zieht. Die Terrasse ist so groß, wie unsere Wohnung nach der Scheidung meiner Eltern. Ich hatte immer eine genau Vorstellung davon, wie meine Kinder mal leben sollten. Das hier war die Erfüllung meiner Träume.

Ich ging die große Wendeltreppe nach oben, wo 3 Schlafzimmer, derzeit als Schlaf,-Ankleide und Büroraum umfunktioniert, und ein riesiges neues Bad auf mich warteten.

Mein Kleiderschrank war riesig. Colin kaufte mir anfangs so unfassbar viele Anziehsachen. Er sagte, mein Stil wäre nicht passend für mein schönes Gesicht und kaufte eine komplett neue Garderobe. Ich fühle mich, mit meinen 18 Jahren, in seiner Anwesenheit oft klein. Er ist 28, steht mit beiden Beinen im Leben und ich stehe hier und weiß nicht, ab wann ich over- oder underdressed bin. Ich entscheide mich für ein rosarotes Cocktailkleid, das ist eins meiner Lieblingsteile. Es betont meine schlanke Taille und wenn ich etwas anhabe, in dem ich mich wohl fühle, kann ich Lisa bestimmt auch anders gegenüber treten. Meine Haare lockte ich ein wenig, sodass sie mehr Volumen haben. Diesen

Trick hat mir die Friseuren gezeigt, zu der Colin mich gebracht hat. Er meinte, dass blonde Haare meine schönen weichen Gesichtszüge viel mehr betonen würden. Ich habe lange gebraucht, um mich an diese Haarfarbe zu gewöhnen, aber langsam geht es.

Nach einer halben Stunde bin ich fertig.

Als ich runter kam, saß Lisa schon an unserem Esstisch mit einem Glas Wein in der Hand.

„ Hallo Natascha Schätzchen, du siehst ja ganz toll aus. Steht dir super das Kleid!" sagte Lisa.

„Danke schön. Du siehst auch Klasse aus. Wie war dein Tag?", Während sie sprach hätte ich mir gerne selber auf die Finger gehauen. Ich konnte ihr kaum zuhören. Sie roch wunderschön und ich hatte vergessen mir Parfüm anzulegen. Dazu waren ihre Nägel frisch gemacht während meine.. nun ja. Sie war wirklich eine Schönheit. Groß, schlank, perfekte Haut und lange, blonde Haare. Ihre Locken waren wie immer schöner als meine. Ich versuchte die negativen Gedanken beiseite zu schieben und nippte an meinem Weinglas.

Ich beobachtete Lisa und Colin, wie sie über alte Zeiten schwatzten und war nur darauf konzentriert, dieses drückende Gefühl im Bauch, diese Eifersucht unter Kontrolle zu kriegen. Ich war so sehr damit beschäftigt, sie nicht zu erwürgen, dass ich keinen Ton raus bringen konnte.

„Weißt du nicht Colin, als wir auf Ibiza waren? Der Stripclub? Es war soooo witzig!"

Wie zum Teufel konnte ein Stripclub witzig sein?

„Jaja Lisa. Ich fand unser Zimmer damals witzig mit den kaputten Fliesen im Bad!"

„Jaaaa! Oh nein, und deine Beschwerde damals, dass eine Dame wie ich doch nicht in so einem Bad duschen könnte…"

„Schatz, geht es dir nicht gut? Du bist so still", fragte Colin.

Jetzt überkam mich wieder mein schlechtes Gewissen. Er ist so gut zu mir und ich kann nicht anders, als in Gedanken seine beste Freundin zu ermorden.

„Alles Bestens Schatz. Ich bin nur müde, hatte heute einen anstrengenden Tag in der Schule."

Als ich sah, wie Lisa, die selbst auch schon 28 Jahre alt war und fertig studiert hatte, ihr schmunzeln versucht zu unterdrücken, musste ich mich entschuldigen und hoch gehen.

„Es tut mir Leid ihr Beiden, aber bitte feiert ohne mich weiter. Dieses Glas Wein hat mich nur noch müder gemacht und bevor ich euch die Stimmung verderbe, gehe ich lieber hoch."

„Gute Nacht Natascha, du kannst ja morgen auf unseren Bildern schauen, wie die Feier hier weiterging", sagte Lisa.

Sie wollte eindeutig darauf hinaus, dass ich bei der letzten Hausparty Colins Handy durchsuchte, weil ich das Gefühl hatte, es wäre was mit ihr gelaufen. Er muss es ihr erzählt haben. Jetzt sitzen die beiden da und lächeln, wie soll ich mich dann nur fühlen? Trotzdem überwiegt immer wieder mein schlechtes Gewissen. Colin sagt immer, ich bin nun mal noch sehr jung und unreif, damit könne er aber leben.

Aber wie lange noch?

Ich wollte mich auf jeden Fall ändern. Das neue Haus war die perfekte Gelegenheit dazu. Ab Morgen bin ich ein anderer Mensch. - das versprach ich mir!

Kapitel 2

Als ich nach 1000 Gedanken endlich irgendwann einschlafen konnte, wurde ich von lauten Stöhngeräuschen wach. Es klang nach ihm. Ich kannte sein stöhnen, ich kannte seine Atemgeräusche.. Ich war wie gelähmt. Ich redete mir ein,

er schaue einfach nur ein Film und ging so leise es ging runter. Und da war er. Ihre langen, blonden Haare hingen über der Couch. Und er drang in sie ein. Immer und immer wieder. Erst war ich erstarrt und schockiert. Ich wusste nicht, was ich tun sollte. Brüllen? Weglaufen? Ich ging noch einen Schritt näher. Er war so gefesselt von seinem Sex, dass er nicht mal bemerkt hatte, dass ich fast neben ihm stehe. Doch dann merke ich, dass Lisa sich nicht regte. Ich war immer noch wie erstarrt und konnte nicht begreifen, was hier vor sich ging. Dann fing ich endlich an, zu brüllen.

„WAS SOLL DER SCHEIß HIER, WAS TUT IHR DA?"

Colin ging endlich von ihr runter.

„Ich dachte du schläfst."

„Das ist tatsächlich deine Ausrede? So etwas tust du also wenn ich schlafe? Was soll denn das? ICH WUSSTE, DASS MIT IHR WAS LÄUFT. DU MISTKERL!"

Doch Lisa sagte immer noch keinen Ton. Als ich mich umdrehte bemerkte ich, dass sie bewusstlos zu sein schien.

„Was geht hier vor sich? Wieso ist sie bewusstlos? Was hast du mit ihr gemacht?", fragte ich aufgebracht.

„Es geht dich nichts an. Jetzt geh nach oben und schlaf weiter. Ich habe dir schon tausend mal gesagt, du sollst dich nicht in meine Angelegenheiten einmischen."

„Nicht einmischen? Du vergewaltigst sie gerade! Wieso zum Teufel ist sie bewusstlos? Was hast du getan? Ich rufe jetzt die Polizei, du gehörst in den Knast!!"

Dann packte er mich, drückte mich an die Wand und würgte mich. Ich wehrte mich, versuchte ihn zu treten oder meine Arme zu benutzen. Ich versuchte zu schreien, aber nichts half. Er würgte mich solange, bis ich aufgab, mich zu wehren. Aber so schnell würde ich nicht aufgeben. Als er mich endlich los gelassen hatte, stand ich auf und versucht ihn zu schlagen. Mit meinen bloßen Fäusten. Doch ein Schlag auf meine Rippen von ihm und ich lag auf dem Boden. Er schlug immer und immer wieder auf mich ein, trat mich und schrie mich an.

„Du dreckiges Miststück. Was denkst du wer du bist? Du undankbare Schlampe, wenn du dich noch ein Stück bewegst töte ich dich!"

Nicht nötig, dachte ich mir. Ich bin schon tot. Innerlich.

 Er ließ mich auf dem Boden liegen und brachte mit Lisa zu ende, was er angefangen hatte. Während ich dabei zu schauen musste. Als er fertig war, zog er sie wieder an, legte er eine Decke über sie und ging hoch. Ich lag immer noch auf dem Boden und versuchte zu verstehen, was hier gerade passiert ist. Das war nicht der Mann, den ich kannte. Das war nicht mein Colin. Der mir sagt, dass ich die Eine für ihn bin und er mich liebt. Der alles getan hat, damit ich ein schönes zu Hause bekomme. Warum tut er so etwas? Wie kann ein Mensch zwei so unterschiedliche Gesichter haben?

Als die Sonne bereits aufging konnte ich endlich aufstehen. Aber auch nur, weil ich angst hatte, dass Lisa wach wird und Fragen stellt. Ich ging ins Büro, in dem eine kleine Schlafcouch für Gäste stand und legte mich hin. Ohne Decke und ohne Kissen lag ich da und versuchte das alles einfach zu vergessen. Ich wollte nicht wahrhaben, was da passiert ist und wusste auch nicht, was ich jetzt tun sollte. Zwischen durch kam mir auch der Gedanke, dass ich das alles nur geträumt haben muss. Kurz darauf hörte ich Colins Schritte.. Er ging direkt runter. Lisa war wohl auch schon wach.

Was genau sie reden konnte ich nicht verstehen, aber da sie nicht brüllte, wusste sie wohl nichts von dem, was gestern Abend hier passiert ist. Und ich ging stark davon aus, dass Colin ihr nichts davon sagen würde.

Wie soll ich mich jetzt bloß verhalten?

Ich traue mich in meinem eigenen Haus nicht runter zu gehen. Ich war immer noch wie gelähmt, mir war kalt und mir tat alles weh. Langsam stand ich auf und ging ins Bad. Dort würde ich mich verstecken, bis Lisa endlich nach Hause gehen würde.

Ich zog meinen Schlafanzug komplett aus und sah die blauen Flecken. Unter meiner Brust und am Rücken war alles blau. Es war also kein Traum, es ist wirklich passiert. Ich machte das Wasser in der Dusche an, stellte mich rein und fing an zu weinen. Ich ließ alles raus, was sich die letzten Stunden in mir angestaut hat. Wie konnte mir so etwas nur passieren?

Als ich fertig war entschied ich mich anzuziehen, meine Sachen zu packen und zurück zu meiner

Mutter zu gehen. Ich musste mich so nicht behandeln lassen! Ich würde so etwas auch nicht verzeihen. Kein Mann auf der Welt hatte das Recht, Frauen so zu behandeln. Ich nahm mir vor, sobald ich bei meiner Mutter ankam, die Polizei zu rufen und ihn anzuzeigen. Das wäre die einzige vernünftige Lösung für mein Problem. Ich versuchte stark zu bleiben und nicht emotional zu werden. Jetzt, wo er nicht mehr alkoholisiert war, würde er das hoffentlich auch verstehen.

Ich zog mich an und ging runter. Lisa war in der Zwischenzeit gegangen.

„Ich werde dich verlassen. Ich kann dir nicht verzeihen, was du gestern getan hast. Ich werde zurück zu meiner Mutter gehen."

„Nein, das wirst du nicht. Ich habe dir ein Haus gekauft, in dem du wohnen sollst. Du wirst hier bleiben."

„Denkst du wirklich, ich kann noch mit dir zusammen leben, nachdem was du getan hast? Denkst du ich würde dir so etwas jemals verzeihen? Wieso war Lisa bewusstlos? Das ist schon schlimm genug, aber hast du dir meine Rippen angeschaut? Du hast mich geschlagen! Wieso sollte ich mit so einem Monster wie dir zusammen leben wollen?"

„Was mit Lisa war und was nicht geht dich nichts an. Du wolltest deinen eigenen Freund ‚den du angeblich so liebst, in den Knast bringen. Was hatte ich für eine Wahl? Du bist doch selbst schuld daran, dass ich so reagiert hab. Mit deinem Geschrei hast du mich doch nur provoziert."

Ich konnte es nicht fassen. Er war total überzeugt davon, dass das, was gestern hier abging, völlig normal gewesen ist.

„Du bist krank. Man sollte dich einsperren. Ich werde jetzt meine Taschen packen und gehen."

Mit Herzrasen ging ich nach oben und versuchte so schnell wie möglich, das Wichtigste zusammen zu packen.

Ausweis, Ladegerät, Pässe, Karten und weg. Aber er fing mich ab. Und er weinte. Er weinte tatsächlich.

„Lisa hat uns beiden was in den Drink getan. Ich wusste nicht, was ich da tue.Ich würde dich doch niemals verletzen, du bist die beste Person, die mir jemals begegnet ist. Bitte verlasse mich nicht. Ich verspreche dir, ich werde jeglichen Kontakt zu Lisa abbrechen, sie überall löschen und nur noch für dich leben. Aber bitte verlass mich nicht. Bitte glaube mir doch. Habe ich jemals etwas getan, was nicht für dein Wohl war? Es tut mir Leid, dass ich gerade so wütend wurde. Es ist doch nur meine Angst dich zu verlieren!"

Dann fing er an mich zu küssen. Auf den Mund, am Hals und wieder auf den Mund.

Ich weiß nicht, wieso ich so unfassbar naiv war und ihm seine Worte geglaubt hatte, aber dieses Gefühl, was er mir mit seinen Küssen gegeben hat, habe ich noch nie zuvor gespürt. Es musste wahr sein, es musste echt sein. Ich wusste nämlich ,dass man die große Liebe nur einmal findet und dieses Gefühl, kann es kein zweites Mal geben. Was wäre, wenn seine Worte wahr waren und ich ließe die große Liebe liegen für etwas, wofür er nichts konnte?

Vielleicht hätte ich, anstatt zu brüllen, versuchen müssen ihm zuzuhören? Ihm zu helfen, wieder klar bei Verstand zu werden?

Wenn er wirklich unter Drogen stand, war er doch gar nicht zurechnungsfähig und ich hatte nur Öl ins Feuer gegossen. Oder?

Eigentlich versuchte ich mich mit meinen Gedanken nur selbst zu überzeugen, denn ich wollte ihm einfach glauben. Er weinte unaufhörlich und ich fing an ihn zu trösten. Wir gingen ins Schlafzimmer und ich nahm ihn in den Arm. Er legte sich auf meinen Schoß und weinte, wie ein kleines Kind. Wie konnte ich ihm nicht glauben?

„Du schwörst mir hier und jetzt, dass so etwas niemals wieder passieren wird. Und, dass du Lisa nie wieder sehen wirst!"

„Ich verspreche dir alles, was du willst. Es tut mir so unendlich leid. Ich würde dir doch niemals weh tun."

Er fing an mich ausziehen. Als er meine blauen Flecken sah, fing er wieder an zu weinen. Er küsste jeden einzelnen und sagte die ganze Zeit, wie leid es ihm tue. Dann begann er mich auf den Mund zu küssen. Und trotz allem, was passiert war, überkamen mich meine Gefühle und ich wollte mit ihm schlafen. Vielleicht war ich ja die Kranke und nicht er?

Wie genau er es geschafft hat, weiß ich nicht, aber ich begann an mir selber zu zweifeln und mir die Schuld für alles zu geben.

Schließlich war er ein besseres Mensch als ich, oder nicht?

Während er in mich eindrang, kamen mir die Bildern von gestern Abend hoch. Zu mir war er sanft und liebevoll. Er küsste mich ganz vorsichtig. Auf ihr war er wie ein wild gewordenes Tier. Vielleicht hatte sie ihn extra unter Drogen gesetzt, weil sie mit ihm schlafen wollte? Sie ist an allem Schuld. Er ist mein Mann, ich kannte ihn, er war nicht so. Er würde nie einer Frau weh tun. Ich war so in meinen Gedanken vertieft, dass ich nicht gekommen war. Das erste Mal in unserer Beziehung und das merkte er. Für ihn war es sehr wichtig, dass ich auch einen Orgasmus habe, er möchte einfach immer, dass ich meinen Spaß habe.

„Ist doch nicht so schlimm. Ich habe kaum geschlafen. Du bist daran nicht schuld."

Aber egal was ich sagte, es nützte nichts. Er wirkte total gekränkt. Er war so empfindlich, was sein Ego anging, dass für ihn hier gerade die Welt untergegangen war. Alles, was gestern geschehen ist, war wie vergessen.

So etwas habe ich von meinen Freunden vorher nicht gekannt. Ihnen war es immer egal, ob ich komme oder nicht. Colin wollte immer nur, dass es mir gut geht und ich mich gut fühle. Alleine deswegen wusste ich, er ist ein besserer Mann, als all die anderen. Ich mache keinen Fehler, wenn ich bei ihm bleibe.

Er wird mir nie wieder weh tun. Denn er weiß ganz genau, wenn es nochmal passiert, dann bin ich weg.

Über den ganzen Tag verteilt war seine Laune katastrophal. Ich versuchte viel zu lächeln, um ihn aufzumuntern. Und alles so zu gestalten, wie er es mag, damit er sich nicht noch schlechter fühlt.

„Ich habe Lisa überall gelöscht. Hoffentlich bist du jetzt zufrieden ,dass eine jahrelange Freundschaft wegen deiner Eiersucht kaputt ist."

Ich sagte kein Wort dazu. War er vielleicht dement ?

Oder wusste einfach nicht mehr genau, was passiert war? Ich wollte keine schlechte Stimmung verbreiten, wie ich das sonst auch überall immer machte und hielt weiterhin den Mund.

Drogen konnten das Gedächtnis ja ziemlich schädigen.

Lisa schrieb mich kurz darauf hin an:

„Was fällt dir ein? Wie kannst du Collin dazu zwingen den Kontakt mit mir abzubrechen? Er ist am Boden zerstört wegen dir! Was bist du für ein Mensch? Du bist so hinterhältig, pass auf wenn ich dich in die Finger kriege!"

Ich zeigte Colin ihren Text.

„Was hast du erwartet? Es war doch klar, dass sie so reagiert. Wie sind seit 10 Jahren miteinander befreundet und dann kommst du, und ich muss den Kontakt zu ihr abbrechen. Ich will nicht, dass du ihr darauf antwortest. Blockiere sie und gut ist."

„ Und was ist, wenn sie auf mich los geht? Wenn sie hier her kommt und mich zur Rede stellt?"

„Was soll sein? Mir gegenüber hast du doch eine eine so große Klappe, du wirst dich schon wehren können."

Ich ließ es für's Erste so stehen. Dieses Gespräch war für mich zwar noch nicht beendet, aber den heutigen Tag wollte ich einfach nur noch in Ruhe ausklingen lassen. Mich verließ die Kraft weiter zu diskutieren, ich hatte mich entschieden zu bleiben und müsste damit jetzt klar kommen. Ich hatte die Wahl.

Kurz darauf kamen unangekündigt seine Eltern vorbei. Natürlich immer genau dann, wenn ich aussah wie ein Straßenhund und noch nicht geschafft hatte alles wegzuräumen.

„Kann man denn nicht wenigstens vorher anrufen?", dachte ich laut, als sie an die Tür klopften.

„Wie kannst du nur meine Eltern kritisieren, während ich mit deiner nervigen Familie auskommen muss? Die sich nicht mit einem Cent an dem Haus beteiligen konnten? Die nicht mal in der Lage waren, dir ordentliche Klamotten zu kaufen?"

„Nein, tut mir Leid. Du hast ja Recht."

Meine Eltern hatten beide nach der Scheidung nicht mehr das Geld, wie deine, hab ich mir gedacht. Ich wollte aber nicht noch mehr Streiten. Außerdem waren meine Eltern gar nicht begeistert davon, dass wir nach so kurzer Zeit schon zusammen zogen. Sie trauen ihm beide nicht und geben ihm auch das Gefühl. Das tat mir total leid, denn seine Familie hat mich so herzlich aufgenommen. Und ich wage es mich noch, mich zu beschweren. Ich bin tatsächlich ein schlechter Mensch.

Als ich sah, wie die drei auf der Couch saßen, kam mir alles hoch, was gestern auf dieser Couch passiert war .

Die Vergewaltigung, die Tritte, das Würgen. Es kam mir alles hoch. Ich rannte ins Bad und musste mich übergeben.

Immer und immer wieder. Als ich an seine Worte dachte,

die mich überzeugt hatten zu bleiben, musste ich mich wieder übergeben. Jetzt saßen alle drei da unten und lachten und ich hatte das Gefühle, dass keiner außer mir wusste, was da jetzt genau passiert ist gestern Nacht. Wie schaffe ich es, nicht unter so eine Last zu zerbrechen? Wem kann ich schon vertrauen? Ich habe doch niemanden mehr, außer ihn. Er sagte mir immer, dass meine Freundinnen sehr hinterhältig wären und sich an ihn ran gemacht hätten, wenn ich nicht hin gesehen habe. Daraufhin habe ich zu jedem den Kontakt abgebrochen. Zu meiner Familie habe zwar noch Kontakt, aber sie versuchten uns so schon immer auseinander zu bringen. Deswegen hielt ich den Kontakt sehr klein. Ich habe nur ihn und seine Familie also musste ich mich jetzt einfach zusammen reißen und alles verdrängen, was passiert war. Schließlich wollte ich um meine Beziehung kämpfen und nicht einfach aufgeben, wenn es mal schwer wurde.

Kapitel 3

Die nächsten Monate in der Schule liefen eher
weniger gut. Ich war eigentlich eine gute Schülerin,
ich war dem Abitur schon sehr nah. Aber irgendwie
hatte ich nachgelassen. Es war mir egal geworden.
Die Sache mit Lisa war mir auch egal geworden,
meine blauen Flecke waren alle verheilt. Meine
Seele jedoch war gebrochen. Ich existierte nur noch
Tag ein Tag aus, machte unseren Haushalt und
konnte mich an nichts mehr erfreuen. Ich hatte
weder Hobbys noch Freunde und vergammelte in
unserem 150qm Haus oder in unserem Pool, bis
meine Haut schrumpelig war. Vor Colin hatte ich
eine Heidenangst, man wusste einfach nie, woran
man bei ihm war. Er wurde von der einen auf die
andere Sekunde wütend, obwohl ich schon alles tat,
um ihn nicht wütend und ihm alles recht zu
machen. Mein Fehler war, dass ich nicht perfekt
war.
Wir schliefen jeden Morgen und Abend
miteinander. Und mittlerweile musste ich so tun,

als ob ich einen Orgasmus hatte. Denn ich bekam keinen mehr. Und sein Ego hatte daran so zu knacksen, dass ich mit meiner Schauspielkunst einfach versuche schlechte Stimmung zu vermeiden. Eigentlich hatte ich überhaupt keine Lust mehr mit ihm zu schlafen, aber er hörte einfach nicht auf und gab nicht nach bis er bekam, was er wollte..

Aber schließlich sind wir ja eigentlich ein glückliches Paar, wieso sollte ich mich ihm verweigern? Nur weil ich gerade nicht in Stimmung war? Er würde nie verstehen, wieso er mich nicht mehr anmachte. Er konnte den Körper und die Seele trennen, was ich einfach nie konnte. Und das war das größte Problem bei ihm.

Eines Abend kamen ein paar Arbeitskollegen von ihm vorbei, die er jetzt gegen Lisa eingetauscht hatte. Ich war sehr froh, nichts mehr von ihr gehört zu haben. Die Männer tranken wirklich eine Menge und in mir kam das Gefühl der Angst wieder hoch. Diesmal war ich aber stark und meine Kunst,

Menschen Dinge vorzuspielen, wurde mit der Zeit immer besser.

„Ach Klaus, deine Witze sind jedes Mal unglaublich. Wie merkst du dir das denn alles?"

„Tja Natascha, das ist wohl mein größtes Talent."

„Größer als dein Talent zu arbeiten definitiv.", entgegnete Colin.

Wir lachten alle und Klaus zwinkerte mir zu. Er war von seiner Art her wirklich sehr witzig, aber leider ein sehr klein geratener und molliger Typ Mann, der kein Glück mit Frauen zu haben schien. Viele Frauen sehen nämlich leider nur das Äußere und wissen nicht, wie viele tolle Männer oder Menschen an sich es da draußen eigentlich gibt. Klaus war sehr ehrlich und trug sein Herz auf der Zunge. Wieso konnten andere Frauen das nicht sehen?

Er erzählte oft, dass er einfach in Bars oder Clubs versuchte, jemanden zu Daten, aber die Damen einfach nicht der Typ Frau waren, die er sich zum Leben vorstellte. Schade eigentlich.

Nach einiger Zeit wollte ich hochgehen, die Gespräche entwickelten sich immer wieder in Richtung Arbeit und da hatte ich nicht so viel mit zu reden.

„Jungs, ich geh nach oben ins Bett. Ich wünsche euch noch einen lustigen Abend und kommt gut nach Hause."

„Danke Natascha, du bist wirklich eine tolle Frau. Wenn du nicht Colins Dame wärst hätte dich dich direkt nach Hause mitgenommen!", entgegnete Klaus.

Ich lachte herzlich und ging hoch. Was für ein toller Abend! Ich fing langsam wieder an so etwas wie Glück zu empfinden und meinem Leben eine neue Chance zu geben. Nach dem Regen kommt auch irgendwann mal wieder die Sonne. Ich ging ins Bad und machte mich fröhlich pfeifend fertig zum Zubettgehen. Als ich im Bett lag kam Colin hoch und schloss die Tür.

„Sind die anderen schon weg? Es ist doch noch gar nicht so spät"

Plötzlich fing er an mich zu küssen.

„Hör doch bitte auf, das geht doch nicht, wenn du da unten Gäste hast..“

„Du bist meine Frau. Ich kann dich ficken wann immer ich das will. Und wenn du noch einmal mit einem Mann zusammen lachst, töte ich dich.“

Schock. Herzrasen. Angst. Was war jetzt plötzlich geschehen? Dann zog er mich aus und drang in mich ein. Wie damals in Lisa. Wie ein Tier. Rein und Raus, es war ihm egal, dass ich mich nicht regte. Ich schaute ihn nur an und erkannte ihn nicht wieder. Seine Augen waren leer, sein Blick ganz starr auf mein Gesicht, als wäre er gar nicht da. Ohne Kondom spritzte er in mich rein und ließ mich liegen. Er ging zur Tür und sagte:

„Du gehörst mir.“

Wieder lag ich reglos da. Ich wusste nicht was ich tun sollte. Ich habe mich nicht gewehrt, ich habe nicht nein gesagt. Also war das doch keine Vergewaltigung, oder?

Wieso hatte ich nicht nein gesagt? Ich lag einfach nur da, wie ein Häufchen Elend und bemitleidete mich selbst.

Ich hörte Colin unten prahlen.

„Wenn ihr wüsstet Leute, wie sie da oben grade abgegangen ist. Meine Frau fleht mich förmlich täglich an nach Sex."

„Du weißt gar nicht, was du für ein Glück hast Colin."

„Doch Klaus weiß ich. Aber jemand wie du braucht nicht zu denken, jemals so eine Sexmaschine abzubekommen."

Ich hielt mir mein Kissen vors Gesicht, damit ich diesen Bullshit da unten nicht mehr hören musste. Was sollten sie denn jetzt von mir denken? Ich schämte mich. Ich schämte mich für das, als was ich dargestellt wurde.

Ich schämte mich dafür so etwas mit mir machen zu lassen, ich schämte mich dafür ich zu sein.

Ich schlief erst ein, als Colin sich betrunken und stinkend neben mich legte und schnarchte. Jetzt hatte ich meine Ruhe und konnte schlafen. Die Nacht war unfassbar unruhig und ich war früh auf den Beinen.

Ich duschte unheimlich lange und bereite alles für unser gemeinsames, heuchlerisches Frühstück vor. Am Frühstückstisch versuchte ich mit ihm zu reden.

„Was sollte das gestern?"

„Was meinst du?"

„Du hast mich vergewaltigt!"

„Wie kannst du so etwas behaupten? Wie kannst du nur? Wir haben miteinander geschlafen. So wie immer, so wie jeden Tag. Was ist dein Problem?"

„Das war kein MITEINANDER, du kamst rein, hast mich ausgezogen und mich vergewaltigt. Außerdem hast du einige Dinge gesagt, findest du das ist normal, dass du deiner Partnerin bedrohst, dass du sie umbringen willst?"

„Das habe ich nie gesagt! Hör auf so einen Mist zu erzählen. Jedes Mal, wenn ich mit den Jungs hier Spaß habe, muss du am nächsten Tag Streit anfangen. Jedes Mal.

Du willst mich manipulieren damit ich niemanden mehr habe, Nur wegen dir habe ich meine beste Freundin verloren!"

„Wieso nimmst du dann nicht wieder Kontakt zu ihr auf? Soll dieses Miststück sich doch wieder von dir vergewaltigen lassen. Ich bin mir zu gut dafür."

Das war zu viel des Guten. Sein Blick veränderte sich, ich sah wieder den Teufel in ihm. Er stand auf und fragte:

„Was hast du kleine Schlampe jetzt gesagt?"

Noch bevor ich was sagen konnte schlug er auf mich ein. Immer wieder in die Rippe und trat mir in den Bauch.

„Entschuldige dich für deine Worte du undankbares wertloses Stück nichts."

„Schlag mich doch weiter, los, tritt noch mal zu"

Das tat er dann auch. Ich wusste nicht, wieso ich mich traute so etwas zu sagen. Ich wusste nicht, was mich da geritten hat, aber ich konnte nicht anders. Ich lag auf dem Boden und ließ es über mich ergehen. Mir tat es gar nicht mehr weh, es war wie ein Zahnarzttermin, den man einfach über sich ergehen ließ. Als er mit mir fertig war ging ich hoch und packte meine Sachen. Ich beschloss zu gehen aus dieser giftigen Umgebung, weg von diesem Menschen, der unberechenbar und eine tickende Zeitbombe war, und mir mehr Leid zufügte als Glück.

Was bringen mir die schönen Kleider, das tolle Haus und sein Körper, wenn ich so behandelt werde?

Ich erkannte mich selbst nicht mehr wieder. Ich vergoss keine einzige Träne, ich war kalt und völlig ohne Leben. Ich hatte wochenlang meine Familie gemieden, weil mich die ganze Schauspielerei so unfassbar viel Kraft kostete.

Als er merkte, was ich da vor habe, sagte er: „Denkst du, du kannst mich einfach verlassen? Ich weiß, wo deine Familie wohnt. Selbst wenn du da nicht hin gehst, denkst du nicht ich könnte hin gehen und da warten?"

„Ich war seit Wochen nicht mehr bei meiner Familie. Da werde ich mit Sicherheit jetzt nicht antanzen können."

Das letzte Mal musste ich lügen, das letzte Mal musste ich so tun als ob ich stark wäre. Nur noch einmal halte ich das durch, dachte ich mir, mehr Kraft habe ich aber nicht mehr.

„Ja? Gut, testen wir es aus. Was ist denn, wenn ich wütend werde, während ich warte? Meinst du deine Mutter würde mich genauso provozieren wie du? Meinst du sie würde die Schläge so wegstecken wie du?"

„Das wagst du nicht! Sie würde sofort zur Polizei gehen!"

„Ach ja, hast du denn irgendwelche Beweise dafür, dass ich das war? Das ihr das nicht nur erfindet, weil ihr eifersüchtig seid auf mein Geld und du auf meine Freundin Lisa?"

„So läuft das hier nicht!"

„Wie läuft es hier denn? Ich sage dir wie es läuft. Ich bekomme einen Brief nach Hause und zeige euch oder dich an wegen Verleugnung. Anzeige gegen Anzeige, Aussage gegen Aussage. Was machst du dann? Versteckst du dich dann immer noch weiter hinter deiner Mutter? Und was denkst du, wird deine Mutter zu den texten sagen, die du mir am Anfang unserer Beziehung geschrieben hast? Wie sehr du sie dafür hasst, dass sie deinen Vater allein gelassen hast. Willst du mich jetzt genauso alleine lassen?

Ich habe alle möglichen Beweise, Textnachrichten von dir die beweisen, dass du in die Klapse gehörst und nicht ich hinter Gitter! Eine kleine 18 jährige Göre, die mein Geld gerochen hat und nicht warten konnte im Luxus zu leben. Nach 6 Monaten bist du schon bei mir eingezogen. Was sagt das über dich aus? Du hast mich doch dazu gezwungen, mit deinen ständigen Vorstellungen von Häusern und Kindern, ein Haus zu kaufen und mit dir einzuziehen. Du merkst gar nicht wie krank du bist! Ich halte dich hier seit Monaten aus und du willst mich jetzt verlassen und anzeigen? Alles klar Süße, probiere es und wir gucken dann, was passiert. Los. Hau ab."

Wieder war ich wie erstarrt. Langsam fing ich an an meinen Instinkten zu zweifeln.

Hatte ich nie gelernt mich zu verteidigen?

Wie konnte er das Ganze jetzt in diese Richtung drehen und lenken?

„Wieso willst du überhaupt mit mir zusammen sein? Wieso hast du dieses Haus gekauft, wenn du es gar nicht wolltest?

Ich verstehe nicht wie du es geschafft hast, mir die große Liebe vorzuspielen, obwohl du in Wirklichkeit so denkst?"

„Ich habe nichts vorgespielt. Du bist die, die ständig irgendwelche Spielchen spielt. Machtspielchen spielt und mich manipuliert. Ich hab dich zu was Besserem gemacht. Ein Nichts warst du bis du in mein Leben kamst. Und jetzt dankst du mir, in dem du frech wirst? Schäme dich du ekelhaftes Stück.

Du kannst froh sein, dass ich dich überhaupt noch anfasse. Welcher Mann würde das schon wollen?"

Mit seinen letzten Worten ging er aus dem Raum raus. Hatte er Recht? Hatte ich ihn die ganze Zeit über manipuliert?

Ich hatte ihm wirklich von meinen Wünschen und Träumen erzählt, hatte ich ihn vielleicht unbewusst manipuliert, weil ich wusste, er kann sich meine Träume leisten?

Ich forderte ihn in letzter Zeit wirklich oft heraus.
Bin ich die Kranke? Hatte ich es verdient,
geschlagen zu werden?

Was wäre, wenn ich nie wieder einen Mann finden
würde, der mich und meine Launen aushält. Was
wäre, wenn Colin Recht hatte und ich war das
Problem? Was wäre, wenn jeder Mensch in meiner
Gegenwart so reagieren würde. Meine Eltern hatten
mich auch geschlagen. Was wäre, wenn ich in der
Gosse landen würde und es mir noch schlechter
gehen würde?
 Dann würde ich es bereuen.
Also beschloss ich, zu bleiben.

Kapitel 4

Noch am selben Abend lud er Lisa ein. Er war jetzt wie ein anderer Mann. Von meinem alten Colin war nichts mehr übrig.

Lisa würdigte mich natürlich keines Blickes. Sie sagte Colin, dass ich für sie gestorben sei und das ließ sie mich auch deutlich spüren. Colin war es egal. Er lachte mit ihr, wie er es mit mir nie tat. Das war mir aber erst jetzt aufgefallen. Ich saß alleine auf der Couch und die beiden am Esstisch. Ich konnte sie genau beobachten, auch wenn ich so tat, als würde ich Fernsehen. Lisa erzählte von ihrer großen Eroberung, einem Südländer, und wie sehr sie ihn begehren würde.

„Freut mich sehr für dich Lisa. Aber nicht, dass er dich verschleppt oder dich zu hause einsperrt."

„Was hast du für rassistische Gedanken Colin! Er ist absolut wundervoll und liebenswert. Und der Sex ist einmalig. Ich bin noch nie so oft gekommen wie bei ihm."

„Tja, dann viel Glück euch. Wann darf ich deinen Stecher denn mal kennenlernen?"

Colins Laune sank direkt auf den Nullpunkt. Oder sogar noch tiefer. Und ich durfte es später wieder ausbaden.

Da ging mir ein Licht auf. Plötzlich war ich hellwach. Ich fühlte mich, als würde ich meinen Verstand wieder erhalten und meine rosa rote Brille war endlich weg.

Ich war nie paranoid, ich war einfach nur blind vor Liebe.

Er liebt Lisa. Und er musste ihr damals irgendwas gegeben haben, um sie gefügig zu machen, weil sie es ist, die ihn hat abblitzen lassen . Mein Satz über sie hat ihn so wütend gemacht, weil er sie liebte.

Er hat mich damals geschlagen, weil ich ihn gestört habe in seiner kranken Beziehung zu ihr. Ich musste sie warnen. Ich musste mit ihr reden. Aber wie, wenn ich die Schuldige und Böse in ihren Augen war?

„Ich geh mal eben pinkeln", sagte Colin nach einer Weile endlich.

Ich nutze sofort die Gelegenheit

„Lisa, wir habe nur 2 Minuten. Bitte hör mir zu..“

„Wieso sollte ich dir zuhören? Du hast ihm verboten mit mir zu reden!“

„Nein! In der Nacht, als du hier warst, kam ich runter und habe gesehen, wie er dich vergewaltigt hat.. während du bewusstlos warst. Bitte Lisa, er schlägt mich, bitte hilf mir.“

Da stand Colin plötzlich in der Tür.

„Was habt ihr zwei so Schönes zu bereden?“

„Deine Freundin ist der Ansicht, du hast mich vergewaltigt in der Nacht, in der ich hier geschlafen habe. Wie kommt Natascha auf solche Dinge, Colin?“

„Tut mir leid Lisa, Natascha ist, wie sich raus gestellt hat, psychisch sehr krank. Sie ist paranoid und schizophren.

Es liegt schlichtweg an ihren Wahnvorstellungen, dass sie so etwas von sich gibt. Deswegen kann ich sie nirgendwo hin lassen, stell dir mal vor die erzählt solche Dinge vor meiner Familie? Wie sieht das aus? Du weißt ja, man erkennt einen Menschen leider erst, wenn es meistens schon zu spät ist.

Ich denke, sie will uns wieder auseinander bringen, weil sie es nicht über mich geschafft hat, probiert sie das jetzt über dich."

„NEIN! Das stimmt nicht. Es ist anders herum!! Er schlägt mich , und hat dich vergewaltigt. Hast du nichts gespürt?? Er hat dich genommen wie ein Tier! Das musst du doch gemerkt haben!!"

Lisas Blick veränderte sich. Ich wusste nicht, ob sie mir oder ihm jetzt glaubte. Oder ob sie sich einfach nicht sicher war.

Für eine Millisekunde spürte ich wieder Hoffnung. Hoffnung, dass Lisa mir glaubte und das Alles endlich beenden konnte.

Dann spuckte sie mir ins Gesicht.

„Du kleine Göre!! Wie kannst du so etwas nur in die Welt setzen!! Ich kenne Colin seit 10 Jahren, dann kommst du und auf einmal muss ich mir so etwas geben? Ich hab ihm von Anfang an gesagt du bist ein Miststück und nur auf sein Geld aus, so wie alle!" - schrie Lisa.

Mir platzte der Kragen.

„ Ihr seid doch alle krank! Alle beisammen! Dann los, lass dich doch von ihm vergewaltigen! Lass du dich mal von ihm schlagen und dir anhören, es tut das selbe mit deiner Mutter, wenn du gehst! Wie kannst du immer noch zu ihm halten, er ist KRANK! Aber scheinbar bist du genauso krank wie er!"

Ich rannte nach oben, weil ich wusste, was jetzt passiert.

 Ich hörte unten, wie Colin sich entschuldigte für mich und meinte, ich wäre schon in Behandlung, aber es dauere nur etwas, bis die Tabletten anschlagen. Wie konnten andere Menschen nur so dumm sein?

Aber andererseits hatte ich ihm auch immer alles geglaubt.

Mein Herz raste als ich hörte, wie er nach oben gestapft kam.

„Du blödes Stück. Was hast du dir dabei gedacht?"

„Ich hasse dich. Ich will, dass du stirbst", rutschte mir einfach so raus. Ich konnte es nicht zurück halten.

Dann knallte es. Er nahm mich und knallte meinen Kopf gegen die Wand. Immer wieder. Doch ich wehrte mich. Ich hatte ganz plötzlich meine Kraft wieder gefunden und begann ihn zu treten und in den Magen zu schlagen.. Dann packte er meinen Kopf und schlug ihn gegen den Türrahmen. Er ließ mich los und ich fiel zu Boden. Um meinen Kopf herum wurde es auf einmal sehr warm. Ich schaute zur Seite und sah Blut.

 Ich begann für meine Familie zu beten und hatte mich damit abgefunden, zu sterben. Für mich war der Gedanke zu sterben besser, als weiter in dieser Hölle zu leben. Also ließ ich los.

Ich schloss meine Augen und begann an meine Zeit zu denken, bevor ich ihn kennen lernte. Es war so schön, so unbeschwert. Mit anderen Menschen zu lachen. Ich wusste nicht mal mehr wie mein Lachen klingt. Ich hatte es einfach vergessen.

Als ich meine Augen wieder aufmachte, lag ich auf Colins Schoß. Er weinte. Wieso weinte er denn so? War ich etwas Tot? Ich versuchte mich zu bewegen, aber es gelang mir nicht. Mir tat mein Kopf so unendlich weh.

Ach ja, mein Kopf. Das Blut.

Er fing an zu stammeln

„Ich hab dich geschlagen. Ich bin ein böser Mensch. Du verdienst was viel besseres. Ich hab dich fast getötet. Ich hab dich geschlagen. Es tut mir so leid."

Ich wusste in dem Moment nicht, ob es seinem Gehirn wirklich

bewusst geworden war, was er da fast angerichtet hatte, oder ob er einfach nur geisteskrank war.. Ich wusste es nicht.

Ich hatte so eine unfassbare Angst vor ihm, weil er absolut unberechenbar war. Man wusste nie, woran man bei ihm war und was er als Nächstes vor hatte. Oder wie lange ich diese Hölle hier noch überleben konnte. Wie viel Glück kann ein Mensch haben?

Ich wollte die Gelegenheit aber nutzen. Ich sagte ihm, dass ich aufstehen und gerne etwas trinken wollen würde. Er hatte mir mit Küchentüchern den Kopf verbunden. Das Loch war wohl nicht allzu groß, denn die Blutung hatte aufgehört. Den Boden hatte er aufgewischt.

Wow, dachte ich, er kann ja sogar wischen, wenn er es muss.

Sonst bin ich hier für alles im Haushalt zuständig. Dass er überhaupt den Wischer gefunden hatte, war ja ein Wunder. Sonst lief er nur durchs Haus und schaute, wo ich nicht Staub gewischt hatte. Und sagt mir dann, dass ich ein Nichtsnutz bin. Dass ich weder Geld nach Hause bringe, noch ordentlich sauber machen konnte.

Ich ging ins Bad, schaute mir mein Kopf an, aber konnte nichts entdecken. Meine Haare waren verklebt und mir tat der ganze Kopf weh. Aber es blutete nicht mehr. Ich ging langsam runter und trank ein Schluck Wasser. Ich war noch ziemlich benommen, aber nahm meine letzte Kraft zusammen. Ich nahm ich mein Handy und rannte raus, durch unsere Terrassentür hinten zum Gartentor. Von dort kam ich auf eine Nebenstraße. Ich rannte immer weiter, an den Hochhäusern vorbei. Ein Bus kam mir entgegen. Erst wollte ich einsteigen, aber das war mir doch zu auffällig. Spaziergänger starten mich an. Wahrscheinlich wegen meinem verklebten Blut in den Haaren. Ich rannte immer weiter, bis ans Ende der Straße. Ab da begann ein großer Wald. Vorne am Eingang saßen ein paar Jugendliche auf der Parkbank und kifften. Ich war kurz davor die Jungs nach Hilfe zu fragen, aber ließ es dann doch lieber. Die würde wahrscheinlich sowieso nicht verstehen, was ich da von mir gebe. Oder denken, dass sie sich das Ganze einbilden. Ich rannte immer weiter bis zu einem Abhang, wo ich runter rannte um mich da hinter einem großen Stein zu verstecken, falls Colin mich suchen kommen würde.

Ich suchte in meinem Handy in der Suchmaschine nach der Nummer des örtlichen Frauenhauses und rief da an.

Endlich fühlte ich wieder Hoffnung. Ich würde in ein Frauenhaus gehen und da nach Hilfe suchen. Vielleicht kann man auch meine Familie solange dahin holen, bis er im Gefängnis sitzt?

Gleichzeit kamen mir auch wieder Zweifel. Was ist, wenn man mir nicht glaubt, so wie Lisa auch ?

Ich wusste aber, es ist meine letzte Chance. Meine Familie wollte ich da nicht mit reinziehen, das würde er nur bestrafen.

Es klingelte und klingelte, bis endlich jemand ran ging.

„Frauenhaus Aachen, was kann ich für Sie tun?"

„Hallo, mein Name ist Natascha Bredner und ich brauche Hilfe Ich bin von meinem Freund weggelaufen, er hat mir den Kopf blutig geschlagen.!"

„Bluten Sie noch? Brauchen Sie einen Krankenwagen?"

„Nein. Nein ich brauche nur Hilfe, bitte lassen Sie mich bei Ihnen wohnen!"

„Eins nach dem anderen. Ist es das erste Mal passiert, dass er sie angegriffen hat?"

„Nein, es ist schon öfter vorgekommen. Bitte helfen Sie mir."

„Haben Sie ihren Ausweis dabei oder sonstige Papiere?"

„Nein ich hab nur mein Handy genommen und bin raus gerannt."

„Tut mir Leid, dann müssen sie wieder zurück und ihren Ausweis holen. Ohne können wir Sie leider nicht abholen."

„Wenn ich zurück gehe wird er mich umbringen."

„So können wir Ihnen leider nicht helfen. Rufen Sie uns doch an, wenn Sie Ihre Papiere haben und dann treffen wir uns. Ansonsten rufen Sie die..."

Ich habe einfach aufgelegt. Das kann doch nicht wahr sein. Es hat so lange gedauert, bis ich mich getraut hatte, diesen Schritt zu wagen und dann kann mir nicht geholfen werden?

Ich verstand es nicht. Vielleicht war doch ich die Verrückte?

Scheinbar war ich die einzige auf diese Welt, die dachte, dass sie in Gefahr war. Vielleicht bin ich doch paranoid?

Ich fing an an meinem Verstand zu zweifeln. Irgendwas lief hier auf jeden Fall schief, aber ich wusste mir einfach nicht mehr zu helfen. Ich versuchte nachzudenken, aber selbst das gelang mir nicht. Ich war nicht mehr bei Verstand. Ob der Schlag auf den Kopf schuld war? Mein Gedächtnis fing ebenfalls an sich zu verabschieden. Hinter dem Stein saß ich noch, bis es dunkel wurde und ging dann zurück nach Hause. Zu Colin nach Hause. Auf dem Weg nach Hause musste ich mich noch zwei mal übergeben. Ich musste von hinten über die Terrasse rein, er ließ sie tatsächlich einen Spalt auf. Er wusste, dass ich zurück kommen würde.

Ich schaute direkt in unserem Wohnzimmerschrank nach meinem Ausweis. Colin schien schon oben zu schlafen. Und dann der Schock, alle meine Karten waren aus meinem Portmonee raus. Er muss was geahnt haben. Vielleicht hatte er auch vorher im Frauenhaus angerufen und gewarnt, dass seine Psycho Freundin gleich anrufen würde. Ich ging hoch und versuchte ihn zur Rede zu stellen: „Wo ist mein Ausweis? Wo sind alle meine Papiere?"

Ich ging in unser Schlafzimmer rein und er lag da in unserem Boxspringbett, unter unserem großen, schwarz weiß Bild, aus einer Zeit in der wir noch glücklich waren. Das Bild hat er mir letzte Woche zum 1jährigen Jubiläum geschenkt. Fast hätte ich den Tag vergessen, da ich gar nicht mehr wusste, welchen Tag wir hatten. Ich hatte meine Schule abgebrochen, weil ich mich sowieso nicht mehr konzentrieren konnte. Ich hatte auch keine Kraft mehr morgens aufzustehen, mich anzuziehen und irgendwo hinzugehen. Ich lebte nur noch für ihn. Nein, ich existierte nur noch für ihn. Es war nämlich kein Leben mehr.

„Was interessiert dich das, wo dein Ausweis ist? Wo willst du hin ohne Geld?"

„Kann dir doch egal sein. Bitte gib es mir. Ich will mein Loch im Kopf untersuchen, weil ich unendliche Kopfschmerzen habe. Ich verspreche dir ich werde sagen, dass ich die Treppen runter gefallen bin. Bitte"

Er zog seine Hosen aus.

„Du kriegst deine Papiere wieder, wenn du mir einen geblasen hast."

Also tat ich was er verlangte. Ich war so abgebrüht, dass es mir mittlerweile völlig egal war, wie demütigend sich das tief im Inneren anfühlte.

Er genoss es, während ich mich beherrschen musste ihm nicht auf den Penis zu brechen. Er packte mich an meinen Hinterkopf und ich schrie auf. Daraufhin hob er mich hoch und nahm mich von hinten.

Wir verhüteten seit Monaten nicht mehr und ich betete zu Gott, dass bloß nichts dabei passiert.

Diese Gebete wurden zumindest erhört.

Als er fertig war fragte ich ganz kühl

„Kann ich jetzt meine Papiere wieder haben?"

„Nein. Du hast dein Versprechen nicht gehalten. Hast ja rum geheult, als ich in deinem Mund kommen wollte."

„Hast du es immer noch nicht verstanden? Ich habe ein Loch in meinem Hinterkopf, ich habe Schmerzen."

„Du bist eine Dramaqueen, die sich anstellt. Mehr bist du nicht. Außerdem sind deine Papiere hier nicht mehr, die sind in einem Safe auf der Arbeit. Also nerve mich jetzt nicht."

Ich ging ins Bad und ging duschen. Mit solchen Kopfschmerzen wie in meinem ganzen Leben noch nicht. Ich versuchte nicht zu schreien. Das kostete mich aber sehr viel Kraft. Kraft, von der ich gar nicht mehr weiß, wie ich diese aufbringen konnte. Aus meinen Haaren kam eine Menge Blut. Das haben all die Leute, die an mir vorbei liefen, gesehen und niemand hat etwas gesagt. Oder mich gefragt.

Oder die Polizei gerufen. Kein Nachbar hat je die Polizei gerufen. Wie konnte das sein?

Kapitel 5

An nächsten Morgen stand ich auf und machte
mich fertig, denn es war mein 19. Geburtstag.
Colin war bei der Arbeit und ich hatte noch bis
Abends Zeit, also zog ich mir ein schönes, rotes
Kleid an und schminkte mich sehr stark.
Mein Selbstbewusstsein war so am Ende, dass ich
keine andere Möglichkeit sah, als das, um es
wieder aufzubauen.
Also zog ich mir dazu rote High Heels an und ging
vor die Tür. Männer starrtne mich an und pfiffen
mir hinterher. Es tat so unfassbar gut.
Auf der Parkbank, auf der gestern die kiffenden
Jugendlichen saßen, machte ich mich nieder und
schaute den Vögeln beim picken zu. Es war so
wunderschön. Die Bäume um mich herum, die
Natur. Die Wolken. Alles war so wunderschön, dass
ich anfangen musste zu weinen. Wie konnte das
alles nur passieren? Einerseits bemitleidete ich
mich selbst und wollte entkommen, andererseits
sah ich einfach keine Möglichkeiten jemals von

ihm Los zu kommen. Er hatte so eine Macht über mich, dass ich mich fühlte wie ein Sklave.

Mir schrieben einige Leute, vor allem die Familie, Happy Birthday und, dass sie mich gerne wenigstens heute sehen würden. Ich musste sie vertrösten.

Wenn sie mich so sehen würden, würden sie was ahnen.

Auf einmal kam ein Mann vorbei, er stellte sich als Marcel vor.

„Hi, wie kommt es, dass so eine Schönheit wie du hier auf der Parkbank herumsitzt?"

„Ich wollte gerade gehen." Ich war so abgestumpft, dass ich nicht mal mehr wusste, wie Konversation mit Fremden funktioniert.

„Quatsch, bleib sitzen. Wie alt bist du denn und vor allem, wie heißt du?"

„Natascha und heute ist mein 19. Geburtstag und du?"

„Ich bin 20. das gibt es doch gar nicht, das müssen wir feiern oder nicht?"

Er holte aus seinem Rucksack eine Flasche mit rotem Wodka hervor.

„Wofür war die denn gedacht?" fragte ich.

„Eigentlich für eine Feier mit einem Kumpel, aber irgendwie hast du mich magisch angezogen, wie du hier saßt und wegen ein paar Vögeln geweint hast. Voll süß"

Er war so normal, dass es mir schon komisch vorkam. Was, wenn Colin ihn geschickt hat, um zu gucken, ob ich anbeiße?

Ich stand auf.

„Sorry, aber ich muss jetzt gehen, mein Freund wartet bestimmt schon auf mich. Aber war nett, dich kennen gelernt zu haben."

„Kann man sich denn mal wieder sehen? Sitzt du öfter hier rum? Oder hab ich was falsches gesagt?"

„Nein, alles O.K. Ich liebe meinen Freund und werde hier nicht noch einmal in dem Aufzug sitzen. Tut mir Leid."

Ich ging so schnell ich konnte die Straße hoch nach Hause. Ich schminkte mich ab, zog mich um und begann, den Haushalt zu machen. Als ich fertig war dachte ich an den netten jungen Mann im Wald. Er war so erfrischend normal und ich hab für einen so kurzen Moment wieder das Leben gespürt. Bis ich ihn natürlich wegjagen musste mit meiner seltsamen psychopathischen Art, mit der sowieso nur Colin zurecht kommen würde.

Da hörte ich ihn auch schon rein kommen.

„Hi Colin", so nannte ich ihn mittlerweile „können wir heute was zu essen bestellen?"

„Wieso sollten wir das?"

„Weil ich doch heute Geburtstag hab! Oder hast du das vergessen?"

„Ja, und? Muss ich jetzt einen riesen Aufriss deswegen machen? Ich werd nicht mein Geld ausgeben damit du dich voll fressen kannst. Ich bin müde und will gleich ins Bett."

Als er hoch ging nahm ich mir seinen Wodka aus dem Schrank und trank ihn alleine. Es war widerlich, aber mir ging es immer besser.

Ich saß bestimmt 2 Stunden unten und machte irgendwann den Fernseher an.

Es war so schön. Für einen kurzen Moment vergaß ich die Hölle, in der ich lebte und fing sogar an zu lachen und zu singen. Die Frauen im Fernsehen waren alle so unbeschwert. Natürlich gab es so etwas nur in der Röhre, die Realität ist leider grau und freudlos. Ich konnte mir aber mein Lachen nicht verkneifen. Bis er in der Tür stand.

„Was jaulst du hier mitten in der Nacht durchs Haus? Ich habe geschlafen. Ich muss morgen aufstehen, arbeiten und Geld verdienen. Nur weil du den ganzen Tag schlafen und nichts tun kannst, heißt es nicht, dass du hier mitten in der Nacht Party machen kannst."

Der Alkohol machte mich leider ziemlich mutig.

„Nichts tun? Weißt du wie anstrengend das ist , das ganze Haus so sauber zuhalten, wie der Herr es verlangt? Und das mit geprellten Rippen oder Todeskopfschmerzen, die du mir zufügst, wenn ich nicht so springe, wie du pfeifst. Es kotzt mich nur noch an hier deine übel riechenden Unterhosen zu waschen."

Er packte mich und würgte mich. Damit hatte ich gerechnet. Aber der Mut ließ mich nicht los und ich trat ihm in seine Hoden. Endlich ließ er mich los. Endlich war ich mal stärker als er. Ich rannte raus und wieder mein Stück auf der Straße runter in den Wald. Zu meiner Bank. Zu unserer Bank.

Langsam wusste ich, dass ich psychisch sehr krank sein musste. Das kann auch kein normaler Mensch lange ertragen, ohne durch zu drehen. Ich wollte Marcel sehen. Was interessierte mich jetzt eigentlich ein anderer Mann?

Während ich auf der Flucht vor dem einen bin, renne ich zu dem anderen. Bin ich nicht in der Lage mich selber zu retten und suche immer nur Männer, die mir helfen? Bin ich nicht in der Lage, mich selber glücklich zu machen, sondern brauche immer Männer dafür?

Als ich an kam saß er da mit einigen Kumpels. Ich kam angerannt und wollte im Erdboden versinken.

Wieso sollte er nach meiner Aktion noch mit mir reden?

„Hi Natascha, Leute, das ist Natascha. Sie hat heute Geburtstag!"

„Alles Gute Natascha." „Wheeey, lass dich mal drücken."

Wow. Ich war überwältigt. Marcel sagte kein Wort zu heute Mittag, war leicht angeschwipst und gut gelaunt.

Er war mir nicht böse. Seine Freunde waren alle so nett, und keine fragte, wieso ich angerannt kam.

„Hey Marcel, sag mal, bist du mir nicht böse wegen heute Mittag?"

„Nein, wieso sollte ich? Du wirst schon deine Gründe gehabt haben, dass du nicht mit mir trinken wolltest. Auch wirst du deinen Grund haben, dass du wieder hier bist. Wieso sollte ich denn böse sein? Ich freue mich dass du hier bist"

Ich fing sofort an zu weinen. Solche Menschen gibt es tatsächlich noch?

Er nahm mich in den Arm und flüsterte mir zu:

„Du musst mir nicht sagen, was in deinem Leben grade schief läuft. Aber ich hoffe für dich, dass du es schaffst, da wieder raus zu kommen. Du bist die schönste Frau, die mir je begegnet ist. Es wäre schade, wenn du dich hinter irgendwem versteckst."

Seine Worte hoben meine Stimmung ganz gewaltig. Seit langem fühlte ich mich wieder lebendig, ich tanzte, als wäre ich alleine in diesem Wald. Ich erzählte Witze, als würde ich es täglich tun. Und alle lachten darüber. Sie sagten mir, wie cool sie mich fanden und ich wollte, dass die Nacht niemals endet.

Ich blieb noch eine Weile und ging dann wieder zurück. Marcels Worte hallten noch lange bei mir nach. Wieso dachte er, ich wäre eine tolle Frau? Er kennt mich doch gar nicht. Sobald er mich besser kennt, würde er sehen, was für ein Miststück ich sein konnte.

Aber irgendwas in mir wollte ihm glauben.

Irgendwas an seinen Worten gaben mir eine Stärke, die ich schon lange nicht mehr gefühlt hatte. Ich ging ums Haus herum zur Terrasse, aber die Terrassentür war zu. Es war alles dunkel und verschlossen. Auf der Liege draußen lag eine dünne Decke.

Ach so, dachte ich mir, heute muss ich wohl draußen schlafen. Das ist wohl meine Strafe.

Ich pinkelte noch ins Gebüsch bevor ich mich auf meine Liege legte und selig einschlief. Nicht neben ihm zu schlafen

war so schön, dass es mir egal war, wie sehr ich fror. Wir hatten für September zwar noch warme Temperaturen, aber die Nächte waren ziemlich kalt. Ich genoss die Zeit alleine da draußen so sehr, dass ich gar nicht gemerkt habe, als die Sonne aufging.

Colin weckte mich ganz schroff

„Morgen, willst du nicht aufstehen?"

„Guten Morgen Schatz. Hast du gut geschlafen?",
entgegnete ich ein wenig sarkastisch.

Sobald ich drin war packte er meinen Arm.

„Wo bist du gewesen gestern Nacht?"

„Ich bin spazieren gegangen. Und dann hab ich mich auf die Liege gelegt und geschlafen. Wo soll ich gewesen sein?"

„Geh nach oben."

„Ich will nicht."

„GEH NACH OBEN."

Nach dem er immer fester meinen Arm zudrückte ging ich. Langsam und widerwillig.

Ich wusste, was jetzt passiert. Er zog sich aus und ich stand nur da, wie angewurzelt. Meine Gedanken hingen an Marcel und ich versuchte mir vorzustellen, dass er hier vor mir stand und nicht Colin. Ich machte meine Augen zu und zog mich aus.

Er schubste mich aufs Bett und nahm mich von hinten. Dann drehte er mich um.

„Ich will dein Gesicht sehen. Mach die Augen auf."

„Ich will nicht."

Seine Hand wanderte zu meinem Hals und ich wusste, dass er mich wieder würgen wollte. Ich schaute ihn mit einem Hundeblick an, in der

Hoffnung, es würde ihn weich machen. Und plötzlich sackte er ins sich zusammen. Es klappte leider nicht immer, normalerweise war er dann aber etwas weicher beim Sex. Diesmal aber lag auf mir und ich wusste nicht, was jetzt geschehen würde. Tötet er mich jetzt?

Aber er weinte. Er weinte tatsächlich und konnte sich kaum einkriegen.

„Was ist mit dir?", fragte ich ganz stumpf.

„Ich.. ich weiß es nicht. Mir tut das alles so Leid, aber ich kann nicht anders."

„Was kannst du nicht anders?"

„Ich…weiß nicht genau. Ich kann nicht anders, als so grob mit dir zu schlafen. Wenn du mich so anschaust tut es mir Leid, aber ich kann nicht anders."

„Am Anfang ging es doch auch. Wieso kannst du jetzt nicht anders?"

„Ich.. Nein ich weiß es nicht Natascha. Weißt du, ich hab als Kind immer gesehen, wie mein Vater meine Mutter vergewaltigt hat und ich weiß nicht. Ich kann es dir einfach nicht erklären…"

„Was?? Deine Eltern?"

„Meine Eltern, die du kennst, sind nicht meine richtigen Eltern. Deswegen ist es mir so wichtig, dass du sie nicht kritisierst. Sie sind meine Adoptiveltern. Mit 5 Jahren nahm man mich aus der Familie meiner leiblichen Mutter, die Drogenabhängig war. Ihr Freund, wahrscheinlich mein Erzeuger, hat mich regelmäßig zusammen geschlagen, wenn ich es wagte zu weinen. Ich hab das noch nie jemandem erzählt, außer Lisa. Deshalb ist sie mir auch so wichtig. Es tut mir so leid, du tust mir so leid, ich könnte mich selbst dafür schlagen, was ich dir antue. Du bist mein größtes Glück und ich würde alles dafür tun, dass du wieder glücklich bist. Eigentlich warst du immer meine große Liebe. Mir fehlt das, unsere schöne Zeit zusammen. Unser Leben am Anfang. Unser Sex. Mir fehlt das Schöne mit dir."

Ich hatte die ganze Zeit, in der er geredet hat, nicht geatmet.

„Ach du Scheiße Colin", rutschte mir raus. Zu mehr war ich nicht im Stande.

In was war ich da rein geraten?

„Wieso hast du mir das noch nie erzählt? Hast du mir nie vertraut?"

„Ich weiß nicht, Natascha. Es ist einfach nie der richtige Moment gewesen."

Ich wusste nicht, welche Reaktion jetzt unbedingt richtig war. Er lag noch auf mir, das was hier vorher passiert war und fast wieder passiert wäre, war so schrecklich, dass ich keine emotionale Regung in mir spürte. Ich war mir nicht einmal sicher, ob er die Wahrheit sagte. Es wäre eine gute Ausrede, um mich wieder gefügig zu machen. Und sogar wenn es stimmte, war das eine Rechtfertigung für ihn? Musste ich das so hinnehmen? Wieso kam er jetzt auf einmal damit, nachdem er mich innerlich schon zerstört hat?

„ Ich möchte mich jetzt wieder anziehen, Colin. Bitte gehe von mir runter. Ich weiß gerade nicht, wie ich darauf reagieren soll. Wie soll ich dir noch vertrauen? Und wieso sollte ich? Wenn du wollen würdest, dass ich glücklich bin, würdest du mich gehen lassen."

Er ließ von mir ab und ich zog mich wieder an und ging runter.

Ich hörte ihn bis unten weinen. Aber es regte mein Inneres kein bisschen. Ich fühlte mich wie tot. Wie oft ich mir schon gewünscht habe, er würde mich hier und jetzt einfach töten, dann hätte der ganze Spuck ein Ende. Mein ganzes Leben war zerstört und das mit 19 Jahren.

Als er runter kam hatte er eine gepackte Reisetasche in der Hand.

„Fährst du weg?"

„Nein die ist für dich. Du hattest Recht.Du musst gehen. Du liebst mich sowieso nicht, dir ist egal, wie ich mich fühle. Du gehst jetzt. Lass mich ruhig allein. Ich habe dieses Haus nur für dich gekauft, weil du es so wolltest und jetzt muss ich hier drin verrecken. Alleine. Aber wenn es dich glücklich macht, dann hau ab. Deine Papiere schmeiße ich dir in den Briefkasten, wenn du mir vorher schreibst, wo du unter gekommen bist.Hier"

Ich antwortete gar nicht auf seinen Versuch mir ein schlechtes Gewissen einzureden, denn das existierte nicht mehr. Ich war frei. Ich konnte es gar nicht fassen.

„Ich werde zurück zu meiner Mutter gehen. Da kannst du die Papiere in den Kasten werfen. Ich wünsche dir noch ein schönes Leben."

Ich ging ohne mich noch einmal umzudrehen, bevor er sich das Ganze anders überlegen würde. Ich war frei. Ein freier Mensch. Jetzt konnte ich mich wieder auf mich konzentrieren.

Kapitel 6

Bei meiner Mutter angekommen konnte ich mir natürlich erst mal so einiges anhören. Aber das war nichts gegen das, was ich die letzten Monate über mich ergehen lassen musste.

„Ich hab es dir gesagt, Natascha. Mir war klar, dass du früher oder später hier wieder antanzen würdest. Erst verschwindest du von hier, lässt dich kaum mehr blicken und dann stehst du mit gepackten Sachen vor der Tür und bettelst um wieder Eintritt. Ich hätte eine Wette abschließen sollen."

„Ja Mama, tut mir Leid. Kann ich hier wenigstens so lange wohnen, bis ich was Eigenes habe?"

„Wie willst du das denn finanzieren? Mit deinem Schulabbruch. Ha, das ich nicht Lache. Hast gedacht, du könntest dich dein Leben lang von einem Mann finanzieren lassen. Aber geh, kannst in deinem alten Bett schlafen. Kann ja jetzt nicht nein sagen, oder?"

„Danke Mama."

Schade, dass ich dir niemals anvertrauen werde, was mir in den letzten Monaten passiert ist. Und durch welche Hölle ich gehen musste. Schade, dass du mir nicht helfen kannst, mich wieder aufzubauen. Aber danke.

„ Sag mal Natascha, wie siehst du denn eigentlich aus?

Du bist so dünn geworden, dein Gesicht so unrein. Deine Haare sehen schrecklich aus.Also, dass man sich in einer Beziehung gehen lässt, da hab ich schon öfter gehört, ‚aber in dem Ausmaß?"

„Kannst du mich eigentlich nur kritisieren?"

Ich ging in mein altes Zimmer. Alles sah immer noch aus wie damals. Auf der linken Seite eine kleine Wohnwand, mit meinem süßen kleinen Fernseher. Alles in weiß mit rosa Akzenten. Mit meinen schönen Ikea Möbeln, die ich mittlerweile abgöttisch liebte. Mein kleines, unbequemes Bett, was für mich das Paradies darstelle. Ich legte mich rein und begann, in mein Kissen zu weinen. So leise, dass es keiner hörte, aber laut genug, damit alles aus mir raus kam.

Ich musste so schnell wie möglich eine eigene Wohnung finden, wie auch immer, um so schnell wie möglich wieder ich selbst zu werden. Aber wie soll ich das schaffen?

„Natascha, komm mal bitte. Colin ist am Haustelefon, er möchte mit dir sprechen und noch einiges besprechen, wegen deinen restlichen Sachen..“

Scheiße. OK, ganz ruhig Natascha, dachte ich vor mich hin. Er will nur wissen, ob ich hier bin, um meine Papiere in den Briefkasten zu werfen. Er sagte ja selber, ich liebe ihn nicht und will sowieso nicht bei ihm sein. Er hat es kapiert. Und er will mich nicht. Also keine Angst.

„Hallo?“ fragte ich ins Telefon.

„Hallo Natascha. Ich wollte nur wissen, ob du angekommen bist.“

Oh je.

„Ja, das bin ich. Wann kann ich mit meinem Ausweis und meinen anderen Karten rechnen?“

„Ich dachte, ich könnte persönlich vorbei kommen und dir die bringen. Das ist sicherer, als im Briefkasten."

„Nein Colin. Weißt du, du brauchst mir gar nichts davon bringen. Ich werde alles sperren lassen und mir alles neu beantragen. Ist kein Problem. Bitte lass mich in Ruhe."

„Sei vernünftig. Ich werde morgen Abend vorbei kommen und dir deine Sachen bringen. Sei da."

Dann legte er auf. Ich hatte in meiner Freude nicht darüber nachgedacht, dass ein Psychopath einen nicht so schnell in Ruhe lassen würde. Wieso rief er auf dem Haustelefon an?

Ich schaute auf mein Handy. Oh. 16 verpasste Anrufe, 8 Mitteilungen.

„Natascha, wieso gehst du nicht an dein Handy. Wo bist du hin gegangen?"

„Langsam machst du mich wütend. Du willst nicht, dass ich wütend werde. Sieh zu, dass du zurück rufst."

Die restlichen Nachrichten wollte ich mir gar nicht durch lesen.

Meine Mutter kam ins Zimmer.

„Was wollte er?"

„Er kommt morgen vorbei, meine restlichen Sachen bringen.."

„Oh, sehr gut. Dann kann ich ihn ja mal fragen, wieso ihr euch getrennt habt. Und ob du bei ihm auch so anstrengend warst, wie du es hier immer bist."

„Ich werde in die Stadt fahren. Ein bisschen bummeln und spazieren. Bis später."

Ich wollte nur noch raus. Ich fühlte mich so schlecht, als wäre ich das größte Monster der Menschheit, während ich gleichzeitig gebrochen war.

Ich stieg in den Bus und fuhr in die Straße, die zu dem Wald mit der Parkbank führte. Es zog mich magisch dahin. Als ich dort ankam, war niemand zu sehen. Ich ging ein wenig durch den Wald spazieren. Er führte durch dicht bewachsene Bäume, keine Menschenseele weit und breit. Niemand der mir weh tun könnte. Hier könnte man gut leben, hatte ich mir gedacht.

Nach einiger Zeit fuhr ich zurück und wurde plötzlich so müde. Wie hatten erst 20.00 Uhr, aber zu Hause bei meiner Mutter angekommen, legte ich mich sofort ins Bett.

„Ja schlafen kann sie gut, unsere Natascha."
Nachts quälten mich Albträume, die mich immer wieder hoch schrecken ließen. Es war schrecklich. Ich wurde stündlich wach um zu schauen, ob ich noch in meinem alten Zimmer war. Und ob ich alleine hier war. Wenn ich auch nur ein Geräusch von draußen hörte, bekam ich sofort Herzrasen. Ich hatte das Gefühl, beobachtet zu werden, traute mich aber nicht aus dem Fenster zu schauen. Aus dem 2. Stock könnte ich auch nicht springen, wenn er hier plötzlich in der Tür stehen würde. Also versuchte ich wieder die Augen zu zu machen und irgendwie zu schlafen.

Ich verschlief den gesamten Vormittag, weil ich mich einfach nicht dazu aufraffen konnte aufzustehen. Meine Beine waren so schwer, sie schmerzten, als wäre ich einen Marathon gelaufen. Mein Kopf war kurz vor dem Explodieren und zwischendurch hörte ich immer wieder Kommentare meiner Mutter. Auch wenn ich mich schrecklich nichtsnutzig fühlte, konnte ich mich nicht überwinden aufzustehen. Als läge ein Riesen großer Stein auf mir, der zu schwer war, um ihn aufzuheben und weg zu schmeißen.

Auch im Laufe des Tages war ich zu nichts zu gebrauchen. Ich hatte panische Angst vor dem Abend, mir war so übel, dass ich mich mehrmals übergeben musste.

Als er klingelte ging ich mich wieder übergeben.

Da fragte meine Mutter : „Ist alles OK mit dir? Bist du Bulemikerin geworden?"

Typisch, dachte ich mir nur. Ich hörte seine Stimme und versuchte stark zu bleiben.

„Hallo Frau Bredner. Es ist so schön, Sie zu sehen."

„Hallo Colin, wie geht es dir? Ach, die Blumen sind ja schön. Komm doch rein."

„Hallo Natascha. Du siehst sehr blass aus."

„Ja, danke, dass euch auffällt, dass ich hässlich bin. Kann ich meine Sachen bitte haben?"

Langsam empfand ich Wut. Wut und puren Hass.

„Also wenn du so mit ihm in der Beziehung geredet hast, ist es kein Wunder, dass es nicht funktioniert hat. Komm Colin, setz dich."

Ja Mama, gerade du willst mir erzählen, wie eine funktionierende Beziehung läuft.. ich schluckte die Worte einfach runter.

„Kaffee für dich Colin?

„Ja sehr gerne."

„Ja dann erzähl mal. Wie kam es denn jetzt zu der Trennung? Natascha erzählt mir ja gar nichts. Kam hier an und hat seit dem nur geschlafen oder war spazieren. So wirklich reden, da hat sie kein Bedürfnis zu."

„Ach, du warst spazieren?"

Sein Blick sagte mir alles. Aber ich wollte mir nichts anmerken lassen.

„Ja, kurz in der Stadt bummeln. Ist das ein Problem?"

„Nein natürlich nicht. Also, um auf die Frage zurück zu kommen. Ich denke, vor deiner Mutter darf ich ehrlich sein? Natascha ist nicht sehr einfach. Ich habe wirklich das Gefühl, von ihr nicht geliebt zu werden. Sie wirkt sehr kalt und ich kann damit einfach nicht umgehen. Jetzt sitze ich ganz alleine in dem Haus, was nur nach ihren Wünschen eingerichtet wurde und weiß gar nichts mit mir anzufangen. Ich habe alles auf sie gesetzt und leider verloren."

Ich traute meinen Ohren nicht.

„Tja, Colin, weißt du, Natascha war noch nie sehr einfach. Und auch ich muss gestehen, ich habe von Anfang an gewusst, dass das nicht klappen wird. Dann das frühe Zusammenziehen, das konnte ja nur schief gehen."

Mein Magen zog sich wieder zusammen. Ich dachte an seine Worte damals, als er drohte meiner Mutter Gewalt anzutun. Ich wusste wie er sein könnte, wenn er sich angegriffen fühlte. Ich hoffte einfach nur, dass diese Horrorsitzung bald ein Ende hatte.

„Ich dachte einfach ich habe in Natascha meine Traumfrau gefunden. Das war aber wohl gar nicht so."

Nach 30 quälenden Minuten und Gesprächen, als wäre ich gar nicht anwesend, rückte er mit meinen Papieren raus.

Endlich.

„Danke Colin. Ich hoffe wir können jetzt beide einfach mit der Sache abschließen."

„Dass es für dich einfach ist, war mir schon klar." Einen Satz gesagt, und der war schon wieder falsch. Gut. Hauptsache die Sache war für uns alle erledigt.

Als ich ihn zur Tür begleitete fragte er leise „Wo warst du denn gestern spazieren? Bei deinem neuen Stecher? Hast Spaß gehabt?"

„Nein, ich war spazieren. Einfach spazieren. Ich möchte keinen neuen Mann in meinem Leben, der Alte hat mir genug weh getan."

„Das will ich ja nur hoffen für dich."

Das sollten wohl also seine letzten Worte an mich sein.

In dieser Nacht waren die Albträume schon nicht mehr so häufig, aber immer noch sehr schlimm. Ich träumte davon, wie er mich würgte und ich auf einmal in einer Wasserlache lag. Dann sah ich plötzlich wieder Blut um mich herum und bekam Panik.

Kapitel 7

Meine Mutter weckte mich vormittags ganz aufgeregt

„Natascha, steh auf. Ich war in der Apotheke. Ich hab dort meiner Freundin erzählt, wie du dich momentan benimmst. Und entweder hast du Bulimie oder du bist schwanger. Komm steh auf. Du musst den Test jetzt morgens machen."

„Nein Mama das kann gar nicht sein."

„Wenn es nicht sein kann, kann es dich ja auch nicht stören."

Ich hätte gerne gesagt, dass ich so oft gebetet hatte und ich so unter Stress stand, dass es fast unmöglich war. Andere, glückliche Pärchen brauchen so lange, um schwanger zu werden. Wieso sollte mir in so einer Situation ein Baby anvertraut werden?

Ich ging auf die Toilette, laß mir die Anleitung durch und urinierte auf einen Teststreifen.

Nach nicht mal 30 Sekunden waren 2 Striche zu sehen. 2 Babyblaue Striche. Eindeutig.

„Nein, das kann nicht sein. Ich will noch einen machen. Der ist falsch."

Und meine Mutter holte tatsächlich noch 3 weitere Tests aus der Tasche. Und alle 3 waren nach nicht einmal einer Minute deutlich positiv.

Wie konnte das sein? Wie konnte das passieren, ich hatte doch gebetet? Gut, ein wenig lächerlich kam mir die Verhütungsmethode dann doch schon vor. Aber unter dem ganzen Stress hatte ich so selten meine Periode, dass ich wirklich dachte, ich wäre durch die ganzen Tritte in die Bauchgegend unfruchtbar. Aber scheinbar war es nicht so. Und ich würde ein Baby bekommen. Von einem Mann der mich täglich missbraucht hatte.

Meine Mutter fing an zu weinen. Ganz bitterlich zu weinen, so etwas hatte ich bei ihr noch nie zuvor gesehen.

„Natascha, wie willst du das schaffen? Wie willst du ein Kind groß ziehen? Du kannst dich nicht mal um dich selber kümmern, geschweige denn dich finanzieren! Wie zum Teufel soll das gehen? Du musst es weg machen!"

„Nein Mama das kann ich nicht. Ich schaffe das schon. Wir schaffen das schon. Bitte lass und hier weg ziehen, zusammen. Ganz weit weg. Dann schaffen wir das schon."

„Nein, ich ziehe nirgendwo hin. Du hast dich schwängern lassen, also musst du auch jetzt mit den Konsequenzen leben! Geh und sag es Colin."

Scheiße, Colin. Ihm musste ich das ja sagen.

Nein, bitte bitte nicht. Vielleicht könnte ich ja sagen, es ist nicht von ihm?

Nein, dann würde er mich auf der Stelle töten. Vielleicht würde ein Baby ihn ja zur Vernunft bringen?

Nein, das wäre verantwortungslos. Egal, was ich jetzt mache, ich durfte jetzt nicht nur an mich denken.

Auf einmal stiegen in mir Gefühle hoch, die ich nie zuvor gespürt habe. Eine Stärke, die nicht zu beschreiben war. Ich würde es schaffen, ich wusste es.

Ich hatte wieder Pläne für die Zukunft, ich hatte Mut und ich spürte Liebe. Einfach so spürte ich wieder Liebe.

„Mama, ich werde ein bisschen spazieren gehen. Ich hoffe, du kommst hier ein Stündchen alleine zurecht."

„Klar geh, lass mich ruhig alleine. Wie es mir geht interessiert ja sowieso niemanden."

Ich tröstete meine Mutter noch und ging dann raus. Wie gut ich mittlerweile mit emotionaler Erpressung und egoistischen Menschen umgehen konnte fand ich bemerkenswert.

Ich fuhr in meinen Wald und sah Marcel an der Parkbank, wie er sich gerade von einem seiner Kumpels verabschiedete.

„Hi Natascha, na wie geht es dir?"

Die Frage war für mich so überraschend, dass ich erst gar nicht wusste, wie ich antworten soll.

„Ganz gut und dir?"

„Ja mir auch. Was machst du hier?"

„Ich bin einfach so hier, ich geh hier super gerne spazieren."

„Ich finde es hier auch schön. Und hier stört einen einfach niemand. Hey, du strahlst ja total. Was ist passiert?"

„Mein Freund und ich haben uns getrennt."

„Oh, das tut mir Leid.."

„Nein, das muss es gar nicht.

Ein Schauer lief mir den Rücken hinunter und noch bevor ich mich umdrehte wusste ich, wer von hinten auf uns zu kam.

„ Hallo Natascha. Willst du uns nicht vorstellen?", Colins Worte waren wie Stiche ins Herz.

„Äh, ja, das ist Marcel. Marcel, das ist Colin, mein Exfreund."

„Oh, hi Colin."

„Woher kennt ihr beiden euch denn? Seid ihr alte Schulfreunde?"

„Nein, ich hab Natascha vor ein paar Wochen hier kennen gelernt, wir sind uns zufällig hier begegnet. Und wie es der Zufall so wollte, haben wir uns dann wieder getroffen."

Marcel bemerkte nichts, aber ich spürte die Wut, die in Colin hoch kam und er an mir raus lassen wollte. Ich konnte nur an mein Baby denken.

„Colin, ich möchte gerne mit dir reden. Allein. Lass uns doch vorne die Straße hoch zur Bushaltestelle spazieren."

„Warum die Straße hoch? Wir können auch hier im Wald spazieren gehen."

Angst. Herzrasen. Schweißausbruch. Mein Baby.

„Ich möchte aber gerne nach hause."

„Nein, wir werden jetzt hier lang gehen."

OK, dachte ich mir, wenn ich ihm sofort von dem Baby erzähle wird es ihn beschwichtigen. Niemand schlägt eine schwangere Frau!

Als wir nur wenige Schritte von Marcel entfernt waren sagte ich es direkt:

„Colin ich bin schwanger."

„Ach so, von dem Typen dahinten?"

„Nein natürlich nicht. Sondern von dir. Mein Baby in meinem Bauch ist von dir. Sobald es da ist, beweise ich es dir. Aber ich trage ein Baby von dir aus, welches sich gerade in meinem Bauch befindet."

Ich hatte das Gefühl, dass er mir gar nicht richtig zuhört und hatte das Gefühl sprechen zu müssen, als würde ich es einem Kind erklären.

„Ich glaube die einen Scheiß. Anstatt zu hause für mich da zu sein hast du dich mit irgendwelchen Typen getroffen und dich von denen schwängern lassen? Was bist du nur für eine Frau? So was wie dich habe ich in mein Leben gelassen?"

„Nein Colin, ich schwöre es dir, ich habe Marcel nur zufällig getroffen, wenn ich hier spazieren gegangen bin. Mein Baby im Bauch ist von dir! Es ist dein Baby!"

„Wieso sollte ich dir noch ein Wort glauben? Du gehst in Wälder spazieren, sagst mir nicht wo du bist. Kaum sind wir getrennt, rennst du zu irgendwelchen Typen mit denen du lachst und willst mir was von Ehrlichkeit erzählen? Du hast mein Leben ruiniert!"

Er verpasste mir eine Ohrfeige.

Und das war der Moment, in dem sich für mich alles änderte.

Ich spürte eine Stärke in mir, die sich mit nichts auf der Welt vergleichen ließ. Adrenalin schoss in meine Venen und ich dachte an jeden Schlag, den er mir verpasste, an jede Demütigung, die ich wegen ihm ertragen musste.

In Sekundenschnelle sah ich vor meinem Auge, wie sich mein Leben vor einem Trümmerhaufen befand, weil er es zerstört hatte.

Ich war daran nicht schuld, ich hatte ihm nichts getan. Ich war nicht die, die verrückt gewesen ist.

Ich drehte mich um, nahm einen spitzen Stein und schlug ihm auf den Hinterkopf. Ich sah in seinen Augen, dass er damit nicht rechnete. Ich hatte mich nie richtig gewehrt, doch plötzlich war ich hellwach. Und stark. Ich schlug auf ihn ein wie ein Tier. Für jeden Schlag, den ich von ihm erleiden musste, bekam er einen zurück. Das Blut lief über sein Gesicht, er lag auf dem Boden mitten im Wald. Ich stand auf und musste mich übergeben.

Als ich den Kopf hob stand er da. Marcel.

„Scheiße.", war das Einzige, was er sagen konnte. Er war so schockiert, dass ich dachte, seine Augäpfel würden ihm aus dem Gesicht fallen.

Ich wusste nicht, was ich jetzt tun sollte. Ich wollte rennen, aber meine Beine waren zu Blei geworden. Ich wollte schreien, aber ich brachte keinen Ton raus.

„Ist er Tot?", fragte Marcel nach einer halben Ewigkeit.

„Ich, ich weiß nicht. Keine Ahnung. Ich weiß nicht."

Wow Natascha. Glanzleistung. Hier liegt dein vermutlich toter Freund und Erzeuger deines Kindes mitten im Nirgendwo herum und du findest keine Worte. Jetzt gibt es noch einen Zeugen, einen Kerl, den du kaum kennst und der dich jetzt in den Knast bringen wird.

„Was machen wir jetzt mit ihm?", fragte er plötzlich.

„Wir? Wir müssen gar nichts machen. Marcel, bitte geh einfach. Wirklich. Ich hatte niemals vor dich in meine Probleme einzumischen und ich hätte dich niemals in so eine Situation bringen dürfen. Ich rufe einfach die Polizei und sage, dass er mich angegriffen hat. Die werden das schon verstehen."

„Bist du verrückt? Du hast wie eine Irre auf ihn eingeschlagen. Das ist keine Notwehr, das ist Mord! Die werden dir sofort dein Kind weg nehmen."

„Du weißt von meinem Baby?"

„Ja, ich bin euch gefolgt. Mein Gefühl hat mir von Anfang an gesagt, dass was nicht stimmt. Und so, wie du hier letztes Mal angerannt kamst, wusste ich direkt, dass er nicht so nett zu dir ist, wie ein Mann sein sollte.

Hör zu, ich kenne dich auch nicht. Aber ich lasse dich damit nicht alleine. Ich helfe dir. Wir begraben ihn hier. Du wartest hier und ich hole eine Schaufel. Dann begraben wir ihn einfach und tun so, als wäre nichts geschehen. Wir beide. Hast du gehört?"

„Warum tust du das?"

„Warte einfach hier."

Er ging. Und ich stand dort, alleine. Mit meinem toten Ex Freund. In was war ich da nur rein geraten?

Was ist denn, wenn Marcel auch ein Verrückter ist? Wieso tut er denn so etwas für mich?

Er kam schneller als gedacht wieder.

„Bleib da einfach stehen, Natascha. Ich regle das für dich."

„Wieso zum Teufel tust du das?"

„Du bist schwanger. Er hat dich geschlagen. Du hast dich gewehrt. Du bist hier das Opfer. Ich weiß, wie es ist, wenn einem niemand glaubt. Ich weiß, wie es ist, wenn man das Opfer ist und sich wehrt."

Er fing an zu graben. Irre schnell. Ich wusste nicht was ich denken sollte. Marcel half mir zwar, aber er war ein Zeuge. Ich sollte ein Baby bekommen. Wie sollte es jetzt nur weiter gehen?

Es fing an zu regnen. Wir rollten ihn in das, meiner Meinung nach viel zu flache, Loch und schaufelten es wieder zu. Der Regen wurde immer stärker, er wusch aber auch die letzten Spuren meines Erbrochenen und des Blutes weg. Die Schaufel schmiss er mit ins Grab und wir schaufelten alles mit unseren bloßen Händen wieder zu. Trampelten es fest und schaufelten wieder Erde drauf.

„Was soll ich jetzt tun Marcel?", fragte ich hilflos.

„Wir gehen jetzt erst mal zu dir. Ich werde mich heimlich rein schleichen. Wie können hier nicht im Regen mitten im nirgendwo rumstehe."

„Ich wohne aber eigentlich wieder bei meiner Mutter."

„Dann sag ihr, du hast dich mit Colin vertragen. Du bist die Schwangere Freundin, die ihren Ex sucht. Komm jetzt."

Ich ging vorne rein mit dem Schlüssel, den ich vorher mit seinem Handy aus der Tasche holte und ging rein.

Marcel kam durch die Terrassentür, ich hatte ihn vorher darüber aufgeklärt, wie er sich unbemerkt rein schleichen konnte. Unser Gartentor war so versteckt, dass kein Nachbar ihn sehen konnte.

Ich wählte vom Haustelefon aus die Nummer meiner Mutter.

„Hallo Mama. Ich wollte dir nur sagen, dass Colin und ich uns vertragen haben. Wir werden das Baby behalten. Ich hole meine Sachen morgen früh und bleibe heute erst mal im Haus."

„So ein hin und her. Kind, wenn es einmal nicht geklappt hat, wird es wieder nicht klappen. Aber du musst es ja wissen. Ich halte dich nicht davon ab Fehler zu machen. Du kannst deinem Baby doch sowieso nichts bieten, ohne Colin. Schönen Abend euch noch. Ich werde ja wieder alleine gelassen."

„OK Mama, bis morgen dann."

Ich hatte absolut keinen Nerv mir auch nur einen weiteren Satz von ihr anzuhören und legte auf.

„Gut. So hast du einen Beweis, dass du hier warst. Du wirst es so machen:

Morgen früh rufst du die Polizei. Sag, ihr wart zu Hause und du bist früh ins Bett, da du müde warst. Die Beichte wegen der Schwangerschaft hat dich müde gemacht. Als du wach geworden bist, war er plötzlich nicht da und du machst dir Sorgen, da er sein Handy und Portmonee hier gelassen hat. Du weißt nicht wo er hin ist."

„Die sind doch nicht blöd, Marcel. Das klappt doch niemals. Was ist, wenn er jemandem von unserer Trennung erzählt hat?"

„Durchsuche sein Handy und schreibe denen, die davon wissen, dass du schwanger bist und ihr es wieder versuchen wollt."

„Aber wenn sie seine Leiche finden, wissen sie doch genau wann er gestorben ist."

„So genau können die das nicht wissen. Keine Panik Natascha. Hier ist meine Nummer, ruf mich morgen an. Und bitte, bitte denk an dein Baby und bekomme keine Panik. Das wird schon. Wer soll ihn denn mitten im Nirgendwo finden?"

„Ich kann immer noch nicht verstehen, wieso du so etwas für mich machst.."

„Du hast einfach mehr zu verlieren, als ich. So einfach ist das. Bitte ruf mich morgen an, okay?"

„Ja mach ich. Ich weiß gar nicht wie ich dir danken soll.."

„Gute Nacht Natascha. Ich bin in Gedanken bei dir."

Nach einem kurzen Lächeln ging er raus. Ich war so verwirrt und so benommen, es kam mir alles vor wie ein schlechter Traum. Oder ein Film, den ich kurz vor dem Einschlafen noch gesehen hatte. Ich hatte aber keine Zeit mich jetzt um meine verwirrte Psyche zu kümmern, ich musste sein Handy durchsuchen..

Code eingeben. Ja toll. Ich probierte meinen Geburtstag, seinen und unseren Jahrestag.

Was gab es noch? Ich kannte ihn kaum, fiel mir dann so auf. 1234 und 0000 ging auch nicht. So blöd war er wohl dann doch nicht.

Ich probierte ohne Hoffnung Lisas Geburtstag. Und es klappte.

Wut staute sich in meinem Hals, aber ich hatte keine Zeit darüber nachzudenken.

Und natürlich fand ich direkt Nachrichten von ihr. „Geht es dir Gut, Schnucki?", schrieb sie vor einer halben Stunde.

Ich las ein bisschen im Gespräch und er erzählte ihr tatsächlich, dass ich gegangen war. Nach allem, was er für mich getan hatte, ließ ich ihn jetzt alleine. Weil ich eine Hure war.

OK Natascha, jetzt nicht ärgern. Es ist vorbei.

Ich schrieb in seinen Worten.

„Alles Gut, mausi. Natascha ist schwanger und wir werden es noch einmal versuchen."

Sie las es sofort. Meine Güte, wieso waren die beiden eigentlich nicht zusammen, wenn sie sich doch so abgöttisch liebten.

„Aber ich hoffe du bestehst auf einen Vaterschaftstest.. heißt ja nicht, dass es deins ist."

AAARRGH.

„Klar mausi. Gehen ins Bett, melde mich morgen."

„Bis morgen Schnucki, denk an mich.;-)"

Wow, wie ekelhaft. Es kostete mich sehr viel Kraft nicht los zu würgen. Ich schaltete auf Flugmodus und durchforschte sein Handy. Die Fotos, die Lisa ihm schickte waren so anzüglich ,dass ich mich fast nicht wunderte, dass er sie unbedingt haben wollte.

Sie schrieb darauf Sachen wie:

„Meinst du, das könnte Enrico gefallen?"

Darauf schrieb er:

„Wer ist denn schon wieder Enrico?? Aber ja, das würde jedem Mann gefallen.;-)"

„Eifersüchtig? ;-D Freut mich zu hören."

„Niemals Mausi. Freue mich, wenn du glücklich bist."

„Schade, dass du es nicht bist.."

„Vielleicht irgendwann mal ;-)"

„Mit der Schnitte aber nicht, das weißt du. Oder nicht?"

„Sie liebt mich. Und ich sie. Ihre Macken werde ich ihr schon noch austreiben."

„Tja, vielleicht. Vielleicht auch nicht. Hast du ein Foto von dir gerade?"

Er schickte ihr ein Bild, auf dem er nackt auf unserer Couch

saß, mit seinem besten Stück in der Hand.

„Was sagt denn deine Natascha dazu, dass du mir solche Bilder schickst. ;-) Sieht sehr sexy aus Hase. Werde an dich denken, wenn ich gleich bei Enrico bin!! ;-)"

„Was sie nicht weiß, macht sie nicht heiß. Wieso kommst du nicht hier her, anstatt zu deinem Enrico zu gehen?"

„Geh du mal zu deiner Freundin ins Bett. Kannst ja dabei an mich denken. ;-)"

„Mach ich Mausi!!!"

Meine Wut war kaum noch zu bändigen. Ein Teil von mir wünschte sich, mit in diesem Wald zu liegen. Wie konnte ich das alles nicht merken? Wahrscheinlich war Lisa in der einen Nacht gar nicht bewusstlos. Und selbst wenn, sie würde ihn immer in Schutz nehmen. Was für kranke Menschen. Lisa wusste, dass Colin Mädchen haben wollte, die machen, was er wollte. Und das wollte sie nicht. Sie fand ihn heiß, aber das war es schon. Ich konnte das alles nicht fassen.

Er hatte keinem anderen erzählt, dass wir getrennt waren, Nicht mal seinen geliebten Eltern. Lisa wird auf jeden Fall noch ein Problem werden. Ich muss hier so schnell wie möglich weg.

Neben diversen Nacktfotos, die ich nie zu Gesicht bekommen hatte, fand ich noch eine Sexdate App, auf der er andere Frauen anschrieb und sich mit denen traf, wenn er Überstunden machen wollte. Und ich hatte das alles nicht gesehen. Nie gespürt. Ich war so mit meiner gebrochenen Seele beschäftigt, dass ich gar nicht gemerkt habe, was um mich rum abging.

Eine Nummer, die nicht eingespeichert war, schrieb ihm, dass er sein Cash wieder haben wolle. Und er seiner Familie weh tun würde, wenn er sich nicht beeilen würde.

Na, das kann ja noch lustig werden. Ein Lügner und ein Betrüger, der mir wahrscheinlich aus dem Grab noch das Leben zur Hölle machen würde. Colin fing vor einigen Wochen an seine Bürotür abzuschließen. Das war das Nächste, was ich in Angriff nahm. Ich kam nie an seine Schlüssel ran. Die versteckte er immer so gut, dass ich sie nicht finden konnte. Und Nachts hier herum schleichen, war immer eine ganz schlechte Idee. Wenn er nachts wach wurde, wollte er immer nur Sex und wurde dann wütend, wenn man ihn abwies.

Deswegen hatte ich mich einfach nur Tot gestellt.
Was für eine Ironie.

Als ich endlich den richtigen Schlüssel gefunden
hatte, bekam ich im ersten Moment einen
Schrecken. Im ganzen Raum war es so
unordentlich. Der Mann, der mich für meine
angebliche Unordnung anschrie, war selber so ein
Chaot? War hier sein komischer, kleiner,
verdreckter Teil seiner Seele versteckt?

Ich durch suchte alle Schränke und Schubladen.
Viele davon waren abgeschlossen. Das Meiste
davon waren Unterlagen, mit denen ich absolut
nichts anfangen konnte.

In einer Schublade fand ich Fotos. Fotos von mir,
als ich 16 war. Der nächste Schock für mich. Wie
lange beobachtete er mich schon? Ich hatte mich
immer gefragt, wieso ich. Wieso gerade ich. Und
da hatte ich die Antwort. Schwarz auf Weiß.

Er machte sich zu meinem Leben Notizen.

„Eher Zurückhaltend. Schüchtern. Graues
Mäuschen. Lässt sich nicht anfassen. Schaut

Männern kaum hinterher, traut sich nicht Männer anzusprechen, eher weibliche Freunde."

Da war meine Antwort. Lisa war ihm zu wild. Er konnte sie nicht besitzen. Die Konkurrenz war riesig und er war scheinbar ein unsicherer, ängstlicher kleiner Junge in seinem Inneren.

Und mich konnte er Formen. Er konnte mich zu seinem Eigentum machen, mich klein machen und meinen Willen brechen.

Hol sie dir, wenn sie jung sind und sie gehören für immer dir.

Es war ein riesiger Stapel Bilder. Ich war mit alten Freunden zu sehen, auch in Bars, in die ich mich ab und zu traute.

Und dann saß ich es. Auf einem Bild. Lisa saß im Hintergrund. So kam er also auf mich. Auf dem unteren Stapel waren noch Fotos von Lisa, mit all ihren Freunden. Sogar Fotos, die er vor ihrem Haus gemacht hat, wie sie auf ihrer Waschmaschine mit einem Kerl schläft.

Was für ein kranker Mensch!

Wie konnte ich das nicht merken. Nicht erahnen.

Wie konnte ich das alles mit mir machen lassen.

Wie konnte ich es nur so weit kommen lassen. Wie konnte ich nur.

Ich räumte alles wieder ein und verschloss die Tür.

Nach dem ich alles aufgeräumt hatte, legt ich mich ins Bett.

Ich konnte in der Nacht kaum schlafen. Angst machte sich in mir breit. Angst vor der Polizei, Angst vor Lisa, vor der seltsamen SMS der unbekannten Nummer.

Angst, dass das alles nur ein Traum war und Colin gleich auftauchen und mich töten würde. Angst um mein Kind. Einfach Angst. Ich dachte an Marcel, der mir auch ein wenig Angst machte. Ich hatte schon bei Colin nicht gesehen, dass er verrückt war, wieso sollte es bei Marcel anders sein? Welcher normale Mensch würde so etwas tun?

Kapitel 8

Als die Sonne aufging stand ich auf, ging in Ruhe duschen und überlegte, was ich der Polizei sagen sollte.

Um 7 Uhr nahm ich das Telefon und wählte die 110.

„Guten Morgen, Natascha Bredner mein Name. Mein Freund ist seit gestern Nacht nicht nach Hause gekommen und ich mache mir große Sorgen."

„Guten Morgen Frau Bredner. Wann genau hat ihr Freund denn das Haus verlassen? Hatten sie einen Streit und wissen sie, wieso er das Haus verlassen hat?"

„Leider nein. Wir sind zusammen ins Bett gegangen und als ich vorhin aufwachte, war er weg. Sein Handy und sein Portmonee liegen hier noch."

„Also könnte es sein, dass er erst vorhin irgendwo hin gegangen ist?"

„Das..das kann sein, ich weiß es nicht."

„Sollte sich ihr Freund in den nächsten 24 Stunden nicht blicken lassen, kommen sie vorbei und stellen eine Vermisstenanzeige. Jetzt im Moment sind uns die Hände gebunden. Er könnte ja gleich noch nach Hause kommen, vielleicht ist er ja nur eine Runde spazieren. Machen sie sich keine Sorgen."

„OK, Dankeschön."

Ich verabschiedete mich und legte auf. Das war also noch lange nicht geregelt. Vermisstenanzeige. Was kommt denn da noch alles auf mich zu?

Ich schaltete in seinem den Flugmodus wieder aus und sah, dass er Nachrichten von Lisa bekommen hatte. Ich konnte sie aber nicht lesen, wenn ich ihn als vermisst melden wollte.

Ich überlegte sie anzurufen und zu fragen, ob er nicht eventuell bei ihr war, damit sie keinen Verdacht schöpfen würde. Aber ich hatte viel zu viel angst. Ich nahm die Nummer von Marcel und rief ihn an.

„Guten Morgen Marcel. Hab ich dich geweckt?"

„Guten Morgen du Süße. Nein hast du nicht. Ist alles in Ordnung?"

Du Süße. Scheiße. Jetzt gehörte ich ihm. Meine Angst wurde immer größer, wegen allem. Was hatte ich da nur getan? Wie konnte ich in dieser Situation ein Kind zur Welt bringen?

„Ehm, ja es ist alles OK. Ich muss morgen zur Polizei und eine Vermisstenanzeige aufgeben. Das wollte ich dir nur berichten."

„Soll ich zu dir kommen? Brauchst du irgendwas?"

„Nein danke. Werde gleich zu meiner Mutter gehen und meine Sachen wieder herholen."

„OK Natascha, bitte melde dich später. Ich würde dich heute gerne sehen."

„Ja mal schauen. Bis später dann."

Ich glaube, ich ziehe verrückte Menschen an. Eigentlich müsste ich einen Therapeuten aufsuchen ,aber solange ich ihm nicht die ganze Wahrheit erzählen kann, wird es mir auch nichts bringen. Und was ist, wenn sie mir deswegen mein Kind weg nehmen?

Ich versuchte einfach ruhig zu bleiben und den Tag irgendwie zu gestalten.Ich schrieb meiner Mutter, dass ich die Tage kommen würde, da ich absolut keine Kraft für ein Gespräch mit ihr hatte.

Der ganze Tag zog sich wie Kaugummi und ich lief von einem Raum zu anderen und machte irgendwas sauber. Ab und zu aß ich etwas, schaute TV und putzte dann wieder. Am Abend ging ich hundemüde ins Bett und versuchte irgendwie einzuschlafen. Ich war so müde, dass es sogar irgendwie funktionierte. Aber in der Nacht quälten mich furchtbare Alpträume von Colin, es tat mir so weh, was da passiert war, dass ich schreiend und weinend aufwachte.

Kaum war der Morgen angebrochen zog ich mich an und ging zur Polizei.

Ich nahm sein Handy und ein aktuelles Foto von ihm mit, von seinem Gesicht versteht sich.

Den ganzen Weg zur Polizeiwache war ich furchtbar nervös und wollte es einfach nur hinter mich bringen.

Ich erklärte die Situation, und auch, dass er mir von der Droh- SMS erzählt hatte und ich mir deswegen Sorgen machte. Und das war mein Fehler.

„OK Frau Bredner. Vielen Dank für Ihre Informationen. Normalerweise ist es so, dass Erwachsene ihren Aufenthaltsort frei wählen können und wir ohne Angabe der Drohung die Fahndung nicht eingeleitet hätten. So haben wir aber Grund zur Annahme, dass für ihren Partner Lebensgefahr besteht. Wir werden Sie über den weiteren Verlauf noch informieren. Bitte stehen Sie uns auch weiterhin für Informationen zur Verfügung.“

Scheiße.

„Selbstverständlich. Ich danke Ihnen. Schönen Tag noch.“

„Danke, gleichfalls.“

Ich ging raus und versuchte zwanghaft meine Tränen zu unterdrücken. Was hatte ich da nur getan? Wenn ich schon bei meinem ersten Schritt einen Fehler machte, wie viele hatte ich noch übersehen?

Mein Handy vibrierte und es erschien Lisas Nummer auf dem Display.

Was wollte sie denn jetzt?

„Hallo?"

„Hallo Natascha. Colin geht nicht ans Handy. Wo ist er?"

„Ich weiß es selber nicht so genau Lisa, ich stehe hier vor der Polizeiwache und habe eine Vermisstenanzeige aufgegeben."

„Du hast WAS? Was für eine Vermisstenanzeige? Was zur Hölle ist da passiert bei euch? Hast du ihm was angetan?"

„Wieso sollte ich das tun? Ich bin schwanger von ihm!"

„Du bist schwanger! Ob es von ihm ist ist fraglich! Du bist krank! Das sagte Colin oft genug! Vielleicht wolltest du ja an sein Geld mit einem neuen Macker. Ich will sofort wissen wo er ist!"

„Lisa, wenn ich es dir doch sage, ich weiß es nicht. Colin hat mir vor ein paar Tagen erzählt, dass er von jemandem bedroht wird. Es ging um Geld oder so. Wir sind vorgestern zusammen ins Bett und als ich aufgestanden bin war er weg."

Lisa war still. Ich glaube, damit hatte ich ins Schwarze getroffen. Er hat ihr mit Sicherheit von seinen Problemen erzählt.

„Dann hoffe ich für dich, Natascha, dass du die Wahrheit erzählst. Auch wenn es für mich komisch ist, dass er weg ist, bevor er den Vaterschaftstest machen konnte."

„Das geht sowieso erst nach der Geburt, Lisa!"

„Ich lasse es jetzt einfach mal so stehen. Tschüss"

Bevor ich was sagen konnte, war sie weg. Was für eine Schlange. Mein Gefühl hatte mich bei ihr nie getäuscht. Wahrscheinlich war sie noch eifersüchtig auf das Baby, weil sie keins von Colin bekommen würde. Die Texte und die Bilder schossen mir wieder durch den Kopf. All diese Quälerei, diese Enttäuschungen und Vertrauensbrüche. War ich so ein schlechter Mensch, dass ich das alles verdient hatte?

Ich biss mir auf die Zunge und ging zu meiner Mutter.

Die ganze Busfahrt hallten Lisas Worte in meinem Kopf nach. Ich hoffte wirklich sie würde mich jetzt in Ruhe lassen, ich konnte es mir aber einfach nicht vorstellen. Ich wollte aber langsam versuchen das ganze abzuschließen, mein Gewissen einfach beiseite zu schieben und meinem Kind ein gutes Leben zu ermöglichen. Derzeit waren das alles aber eher Träume als wirkliche Pläne.

Als ich klingelte hing mir mein Herz schon in der Hose. Ich hatte absolut keine Lust auf dieses Gespräch, es war schlimmer als bei der Polizei. Oder mit Lisa. Es war kräftezehrender.

„Hallo Natascha. Lässt dich ja auch endlich blicken."

„Ja, danke für die nette Begrüßung Mutter."

„Oh, da hat aber jemand faszinierende Laune."

„Ich komme gerade von der Polizei. Ich habe eine Vermisstenanzeige wegen Colin aufgeben müssen…"

„Was? Wieso denn das? Habt ihr euch doch wieder gestritten?"

„Nein Mama. Wir sind vorgestern zusammen ins Bett, ganz normal und ich bin morgens ohne ihn aufgewacht… ich weiß nicht, ob er Probleme auf der Arbeit hat oder nicht…"

„Er ist bestimmt überfordert! Stehst du da auf einmal, schwanger, willst dich natürlich vertragen, nach allem, was gewesen ist…"

„Nein so war es nicht. Wir hatten keinen Streit!"

„Ja, dir kann man ja sowieso nicht alles glauben, was du so von dir gibst. Was machst du denn jetzt wegen der Schwangerschaft?"

„Gar nichts, was soll ich tun? Ich werde das Kind austragen. Ob mit oder ohne Colin."

„Du hast doch gar keine Ahnung von Kindern! Wie zum Teufel willst du ein Kind groß ziehen? Wie soll das funktionieren? Ich kann es mir beim besten Willen nicht vorstellen."

„Das musst du auch gar nicht. Du brauchst keinen Kontakt zu uns haben, wenn du da keine Lust drauf hast. Ich bin auf deine Hilfe nicht angewiesen."

„Ich konnte mir mit Sicherheit nicht vorstellen jetzt schon Oma zu werden in so einer Situation! Was soll ich denn sagen, wenn andere mich fragen? Meine Tochter ohne Studium oder Ausbildung bekommt ein Baby? Mit einem Mann, mit dem sie nicht verheiratet ist? Super, ganz toll! Darauf soll ich noch stolz sein?"

„Ach komm, lass es sein. Ich nehme meine Sachen und wir legen den Kontakt wohl erst mal auf Eis."

„Klar, lass deine Mutter alleine, wie immer. Was anderes kannst du nicht, außer andere Menschen zu enttäuschen."

Komischerweise lief mir keine Träne. Mich machte das Ganze so kalt, dass ich nicht mal mehr weinen konnte. Nur für mein Baby tat es mir unfassbar leid. Ich würde es in so eine Welt und so eine Familie bringen. Aber es kam niemals in Frage für mich abzutreiben. Dieses Kind hatte mir die Stärke und die Kraft verliehen, die ich die ganze Zeit gebraucht hatte. Ich konnte mich nur wegen dem Gedanken an mein Baby endlich überwinden, mich zu wehren. Und ich würde bis zum bitteren Ende für dieses Baby kämpfen, das schwor ich mir.

Als ich nach Hause ankam hatte ich ein mulmiges Gefühl. Ich wusste einfach nicht warum.

Was, wenn Lisa vor der Tür stand? Oder Colin sich aus dem Boden ausgegraben hatte?

Ich hatte das Gefühl ich würde meinen Verstand verlieren.

Als ich rein kam saß aber weder Colin noch Lisa da, sondern Marcel. Und das machte mir ebenfalls Angst.

„Natascha, es tut mir leid, wenn ich dich erschrocken hab. Ich hatte mir einfach nur Sorgen gemacht. Schließlich steht für mich auch einiges auf dem Spiel! Deswegen wäre ich gerne informiert darüber, wie es hier weiter geht."

„Ich weiß Marcel, es tut mir auch leid. Aber nach allem, was ich durchgemacht hab, wovon du nicht mal die Hälfte weißt oder jemals verstehen würdest, kannst du hier nicht einfach aufkreuzen!

Du wirkst wie ein Stalker und wie ich raus
gefunden habe, war mein Ex Freund sogar mal
einer."

„Das ist alles ganz schrecklich, ich hab gesehen
wie er dich behandelt hat und was er vor hatte. Ich
habe es mit meinen eigenen Augen gesehen und
kann mir gut vorstellen, was er getan hat, wenn ihr
hier zu Hause wart. Ich kann dich aber nicht in
Ruhe lassen ohne Bedenken. Ich mache mir Sorgen
um dich, und ich mache mir Sorgen um mich.
Können wir es vielleicht dabei belassen, dass du
mir wenigstens einmal am Tag schreibst oder mich
anrufst?"

„Ich weiß nicht, ob das so gut ist. Ich hab einen
ganz blöden Fehler gemacht. Colin wurde bedroht
und ich hab das der Polizei gesagt und jetzt
fahnden sie nach ihm… hätte ich das nicht gesagt,
dann würden sie jetzt nicht so viel machen, weil er
auch einfach bei einem Freund sein könnte. Kalte
Füße wegen der Schwangerschaft und so weiter…"

„OK. Ich verstehe. Das wirkt verdächtigt, wenn ich ständig hier bin. Und wenn du mich als Freund von euch beiden angibst?"

„Und wenn sie jemanden befragen?"

„Du bist doch die Mutter seines Kindes! Du hast mit ihm gelebt. Also ist es doch klar, dass du am Besten weißt, mit wem er sich rum getrieben hat und mit wem nicht. Ich hab ehrlich gesagt Angst, jetzt unterzutauchen: mich quälen Albträume und ich kriege dieses Bild nicht aus dem Kopf wie er dich… Natascha, was hast du hier eigentlich so ewig ertragen?"

„Es ist egal jetzt! Ich kriege das schon hin. Ich muss… ich muss mir langsam einen Plan machen, was ich jetzt tun soll. Weg gehen? Hier bleiben? Was wenn er gefunden wird? Was, wenn er nicht gefunden wird? Wovon soll ich mein Kind ernähren? Irgendwie wären solche Sachen alle einfacher gewesen, wenn er hier wäre."

„Denk bloß nicht so. Nichts wäre einfacher, wenn er da wäre. Ich könnte für dich sorgen, aber du fürchtest dich ja vor mir."

„Wieso tust du das alles überhaupt für mich?"

„Ich… ich weiß selbst nicht. Was ich weiß ist, dass meine Mutter wegen so einem elendigen Mistkerl unser ganzes Leben versaut hat. Unsere gesamte Kindheit. Du hattest, für dein Kind oder für dich und dein Leben, wenigstens den Mut zu kämpfen. Wie auch immer, ich werde dann wohl ab und an vorbei schauen oder dich mit unterdrückter Nummer anrufen, ich werde aber versuchen nicht wie ein Stalker zu wirken."

„Ich wollte dich wirklich nicht verletzen Marcel…"

„Das hast du nicht, keine Sorge."

Plötzlich klopfte es an der Tür. Schon wieder diese Angst.

Spürte mein Kind eigentlich diese Angst? Ich war total verunsichert, ich war so beschäftigt mit meinen Problemen, dass ich gar nicht darüber nachgedacht hatte mal zum Arzt zum gehen. Ich wusste nicht mal wie weit ich schon war. Ich hatte noch keinen Bauch also konnte ich noch gar nicht so weit sein, oder?

„Marcel, geh nach oben. Ins Schlafzimmer. Und egal was passiert, bleib da oben. Bitte"

Er ging schnell hoch und ich zur Tür.

Als ich aufmachte stand Lisa da. Weinend.

„Natascha, bitte lass mich rein. Ich mache mir so Sorgen."

Oh je. Ich ahnte schlimmes, ließ sie aber rein.

„Ich kann es nicht verstehen, was ist mit ihm passiert? Er würde doch nicht einfach so untertauchen! Was hast du getan?"

„Ich habe gar nichts getan."

„So wie du hier stehst, kalt und emotionslos glaube ich dir kein Wort."

„Ich bin nicht kalt. Ich bin dir gegenüber kalt. Colin hat mir vorgestern alles gebeichtet. Eure Bildchen, die ihr euch schickt. Wie du ihn jedes Mal anmachst. Ich habe alles gelesen! Euer mausi Geschwafel. Er hat mir alles gebeichtet und mir geschworen, dass es aufhört, weil er sich auf unser Baby freut! Und du traust dich noch hier aufzukreuzen? Vielleicht hast du ihm ja was angetan, weil du eifersüchtig warst! Die Polizei hat sein Handy und sie werden alles herausfinden!"

Also das Lügen hatte ich perfektioniert.

Lisa stand da, schockiert und wusste wohl nicht mehr wo links und rechts ist.

„Er…er hat es dir gesagt? Wieso tut er so etwas? Wir…wir haben nie was schlimmes getan, wir sind beste Freunde, da ist so etwas normal!"

Lisa ist wohl genauso krank wie Colin. Man, wäre das ein interessantes Pärchen geworden.

„Scheint für ihn ja nicht normal gewesen zu sein, wenn er mir sagte, dass er das gar nicht mehr will! Und jetzt raus hier."

„Das kannst du nicht mit mir machen, Natascha. Ich liebe Colin wie einen Bruder, ich werde ihn nicht aufgeben! Ich will wissen, wo er ist!"

„Wenn ich das wüsste, würde ich ihn sofort anrufen und ihm sagen, dass du die Mutter seines Kindes belästigst!"

„Das wirst du noch bereuen, glaub es mir. Sobald raus kommt, dass es nicht sein Kind ist machen wir dich fertig!"

Lisa stapfte durch den Flur und knallte die Tür beim raus gehen. OK, sie bin ich erst mal los. Mal schauen für wie lange.

Ich ging hoch und entdeckte Marcel in unserem Schlafzimmer. Ein sehr seltsames Gefühl machte sich in breit, ich konnte es aber nicht wirklich deuten. Nach allem was war wunderte ich mich, dass ich keinen Hass oder Ekel anderen Männern gegenüber empfand. Entweder war ich total naiv oder doch nicht so blöd, alle über einen Kamm zu scheren.

„Schönes Bild von euch. Scheinbar wart ihr nicht immer so unglücklich."

Er schaute auf unsere Leinwand, die Colin mit schenkte.

„Am Anfang war ich so glücklich, dass ich hier nach 6 Monaten eingezogen bin. Er hat das Haus für mich gekauft und eingerichtet."

„Wow. Beeindruckend."

„Nein ist es gar nicht. Er hat mich damit manipuliert und am Ende schlecht gemacht. Am

Liebsten würde ich dieses Haus verkaufen und vorher abreißen lassen.

Aber wir waren nur verlobt und noch nicht verheiratet. Das heißt, ich stehe ohne alles da."

Plötzlich lief mir ein Schauer über den Rücken. Wenn er nicht mehr arbeiten würde, gingen die Raten vom Kredit auch nicht mehr von seinem Konto ab. Ich hatte auch kein Zugriff auf sein Vermögen. Ich war total pleite.

Daran hatte ich noch gar nicht gedacht. Was sollte ich tun?

„Marcel, sag mal kennst du dich mit Ämtern aus? Wie wann oder wo muss ich eigentlich hin, ich kann ja nicht von Luft und Liebe leben, oder?"

„Du kannst zum Arbeitsamt gehen und denen die Vermisstenanzeige vor legen. Mit allem, was du an Rechnungen Kredit Miete oder sonst was zu zahlen hast. Du hast auch keine Berechtigung das Haus zu verkaufen. Es wird wohl unter den Hammer gehen. Geh hin, lass dich beraten. Sie werden dir alles sagen. Dann kannst du dir eine Wohnung suchen und von vorne anfangen."

Aha, so einfach war es also. Oder so einfach stellte Marcel es dar..

„OK, danke. Es ist komisch dich hier in diesem Schlafzimmer zu sehen, nach allem…"

Ich stockte. Ich war kurz davor ihn alles zu erzählen. Aber ich hatte so eine Angst. So eine Angst davor, ihn an mich ran zu lassen.

„Du musst nichts sagen Natascha. Ich kann es mir denken, wenn auch nur ansatzweise. Ich werde jetzt gehen, weil ich merke, dass dir das zu viel ist. Ich wünschte wirklich ich hätte dich eher kennen gelernt… aber ich hoffe wir können wenigstens gute Bekannte werden, damit ich für dich da sein kann. Du bist wirklich was ganz besonderes, hoffentlich findest du es in dir wieder."

„Oh Marcel…"

„Aber eins frage ich mich wirklich. Vor allem nach deinem Satz, dass er dich gestalkt hat. Wie habt ihr euch eigentlich kennen gelernt?"

Ich durchsuchte meine tiefsten Erinnerung und holte tief Luft.

„Es war eigentlich sehr zufällig. Schicksal hatte ich es immer genannt. Er stand an meiner Schule am Ausgang und telefonierte mit jemandem. Er hatte nur mich angeschaut zwischen all diesen schönen Menschen und ich hatte vom ersten Augenblick an Schmetterlinge im Bauch. Als er mich dann noch anlächelte, dieser schöne Mann, wusste ich mir gar nicht mehr zu helfen. Ich bin an dem Tag nach Hause gegangen und konnte nur noch an ihn denken. Es war total verrückt. Ich hielt mich auch für verrückt, obwohl ich einfach an Liebe auf den ersten Blick glaubte. Ich hab immer davon geträumt diesen einen Prinzen, ganz zufällig irgendwo zu finden. Am nächsten Tag stand er wieder vor meiner Schule und dann sprach er mich auch an. Er sagte einfach nur, dass er mich total süß fand und hat nach meiner Nummer gefragt. Einfach so, aus dem Nichts. So etwas kannte ich von Jungs in meinem Alter nicht, es war immer ein hin und her. Er war in meinen Augen ein richtiger Mann. Wir haben tagelang geschrieben, uns in einem Café getroffen und ich erzählte ihm von meinen schönsten Träumen. Mir kam es auch vor, als würde er das alles wissen wollen. Das erste Mal Sex mit ihm war… überwältigend. Ich weiß nicht, mittlerweile glaube ich, ich war so geblendet von seinen Worten und seiner scheinbaren Sicherheit, die er so ausstrahlte, dass ich mir eingeredet hab es wäre perfekt. Wir sind nach einem halben Jahr schon zusammen gezogen… er hatte mir ein Haus gekauft, so wie er es immer sagte und eigentlich nach seinen Wünschen eingerichtet, aber er sagte immer nach meinen. Aber es ist hier so wunderschön, ich hätte es mir nicht besser erträumen können. Im Nachhinein weiß ich wirklich nicht, ob er das machte, um mich gefügig zu machen, oder ob er tatsächlich mir ein schönes Leben ermöglichen wollte. Keine Ahnung. So schnell, wie mein Traum erfüllt war, war er auch wieder zerplatzt… weil er sich als Monster entpuppt hat…"

Er drückte mich ganz fest an dich und mein Herz begann zu brodeln. Es war so schön, so echt, so liebenswert, so sanft, dass ich anfangen musste zu weinen. Wir hielten uns eine gefühlte Ewigkeit in den Armen, bis er ging.

Ich suchte einige Papiere zusammen und nahm mir vor, ab morgen alles zu klären und ein neues Leben zu starten. Wir zwei, mein Baby und ich. Wir würden ein ganz neues Leben beginnen und nichts und niemand könnte uns das wieder kaputt machen. Das war mein Ziel und daran glaubte ich unerschütterlich.

In dieser Nacht schlief ich wie ein Engel, ohne Albträume. Ich träumte nur von meinem Baby… und von Marcel.

Kapitel 9

Zwei Wochen nach dem ganzen Drama ging ich zu einem Arbeitsamt. Oben angekommen versuchte ich allen meine Situation zu erklären. So wie ich mittlerweile erfahren habe, steht mir Geld und eine Wohnung zu, da ich schwanger bin. Unangenehm ist das Ganze mir trotzdem. Vor allem weil ich überall erklären musste, dass der Vater meines Kindes vermisst gemeldet wurde und wie bestürzt ich sei, weil ich nirgendwo hin könne. Es war total anstrengend. Umso erleichterter war ich, als ich endlich da raus konnte.

Heute war auch mein erster Frauenarzt Termin. Ich war schon sehr gespannt, wie sich mein Baby entwickelt hatte und wie weit ich überhaupt war. Ich hatte nämlich absolut keine Ahnung mehr, wann der Tag meiner letzten Periode war. Also wusste ich auch gar nicht, wie weit ich überhaupt schon war. Die letzten zwei Wochen bestanden nur darin nicht durchzudrehen und zu versuchen, die ganze Geschichte irgendwie zu verarbeiten. Wie auch immer man alleine so etwas bewältigen wollte. Marcel meldete sich täglich bei mir und rief mit unterdrückter Nummer an. Er war wirklich sehr besorgt um mich und es tat gut wenigstens einen verständnisvollen Menschen um mich rum zu haben. Meine Mutter meldete sich sowieso nicht und ich hatte auch nicht die Kraft mich mit ihr auseinander zu setzen, auch wenn es mir das Herz zerriss.

Den ganzen Weg zum Frauenarzt war ich nervös, gleichzeitig empfand ich so eine bedingungslose Liebe in mir, die ich vorher nie kannte. Und das obwohl ich meinen Bauchbewohner noch nicht einmal kannte. Als ich ankam wurde ich direkt dran genommen und nach einer wirklich unangenehmen Untersuchen unten rum ging es dann zum Ultraschall. Die meisten Fragen bezüglich Periode und so weiter konnte ich nicht beantworten.

„Also Frau Bredner, ich schaue mir jetzt mal die Größe und das Gewicht des Embryos an, um einschätzen zu können, wie weit Sie sind. Und so wie ich das sehe sind Sie bei 11+3, also in der 12. Woche. Plus Minus ein paar Tage sind nicht auszuschließen. Jetzt schauen wir uns mal das Herz an…"

„Oh Wow. Das ist das Herz? Meine Güte ist das schön."

Ich fing an zu weinen. Es war so rührend, so wunderschön. Ich konnte mir nicht vorstellen nach der Geburt noch mehr Liebe zu empfinden, als ich es jetzt schon tat. Gleichzeitig hatte ich auch eine unheimliche Angst vor der Zukunft. Das Amt hatte mir zwar Zusicherung versprochen, aber ich wollte mich nicht darauf verlassen. Und vor allem musste ich meinem Kind irgendwann was bieten können und es würde sehr schwer werden, wenn das Baby erst einmal da ist. Aber darüber wollte ich mir keine Gedanken machen, ich freute mich einfach nur darüber, dass mein Baby trotz aller Strapazen gesund war. Mir wurde noch Blut abgenommen und einige Tests veranlasst, darunter auch ein HIV Test. An so etwas hatte ich überhaupt nicht gedacht. Colin war ja, wie sich raus stellte, in mehreren

Tiefgaragen unterwegs gewesen. Ob er sich da was geholt hatte wusste ich natürlich nicht. Aber man sollte nicht immer vom Schlimmsten ausgehen, versuchte ich mir einzureden.

Unterwegs bekam ich eine Nachricht von Marcel. Er wollte gerne vorbei kommen und wissen, ob alles gut gewesen war beim Frauenarzt. Ich hatte mich in Marcel verliebt, was mir schon vorher bewusst geworden war, aber ich konnte mich keinen Zentimeter öffnen. Egal wie nett er zu mir war oder wie sehr er mir versicherte, dass er mir nichts Böses wollte, ich konnte ihm einfach nicht vertrauen. Ich konnte ihm meine Gefühle nicht Beichten, ich wollte mich dem gerne hingeben, vor allem für das Baby. Aber es war wie eine Art Mauer vor meinem Herzen, welche niemand durchbrechen konnte. Nicht einmal er.
Zu Hause angekommen saß er schon da. Ich hatte ihm einen Schlüssel für die Terrassentür da gelassen, damit er immer kommen konnte, wenn

was war. In irgendeiner Art und Weise vertraute ich ihm ja schon, aber war das auch genug?

„Hi Natascha! Wow du strahlst ja. War es so schön beim Frauenarzt?"

Ich hatte überhaupt nicht gemerkt, dass ich ihn anlächelte wie eine 14 jährige, die ihren ersten Joint geraucht hatte.

„Ja, es war wirklich schön. Ich bin schon in der 12. Woche und dem Baby geht es wunderbar. Das Herz.. Marcel, das Herz hättest du schlagen hören müssen. Es war so wunderschön".

„Das glaube ich dir, es freut mich so zu hören Natascha."

Er umarmte mich daraufhin und das war jedes Mal aufs Neue der Moment in dem ich ihm gerne alles sagen würde, was ich fühlte. Aber es ging nicht. Und er machte auch nicht den Anschein, als wäre da was, aber nach meinen Ansagen gegen ihn konnte ich ihm das nicht verübeln. Mal schauen, wie lange ich das Ganze noch so weiter spielen konnte.

„Natascha, ich hätte da noch ein Vorschlag für dich… ich weiß natürlich nicht, wie du das finden wirst…"

„Na, los. Spann mich nicht auf die Folter"

„Ich möchte, dass du zu mir ziehst. Ich weiß, ich weiß es ist komisch, wir sind ja nicht mal zusammen. Ich meine auch eher als WG. Ich würde mich besser fühlen, wenn du in meiner Nähe wärst. Ich mache mir hier große Sorgen um dich Natascha. Ich könnte wie ein bester Freund halt für dich sorgen. Mein Schlafzimmer hättest du für dich, ich ziehe ins Wohnzimmer und dein Geld bekommst du dann trotzdem, ich mache das mit Mietvertrag als Untermieter und allem drum und dran…"

„Marcel, Stop. Das ist wirklich sehr lieb gemeint, alles ganz schön und toll, aber ich habe schon einmal den Fehler gemacht zu früh mit jemandem zusammen zu ziehen…"

„Aber Natascha wir sind doch gar nicht zusammen!"

Der Satz tat mit mehr weh, als mir lieb war. Und dank meiner Hormone bekam ich natürlich direkt Tränen in den Augen.

„Nein, nein, nein, nein weine doch bitte nicht. Ich wollte dich damit doch nicht verletzen, wenn es für dich so schlimm ist nehme ich das Angebot sofort wieder zurück!"

„Das ist es nicht…"

„Was denn dann? Das wir nicht zusammen sind? Aber das sind wir doch nicht, oder? War es falsch…?"

„Nein Marcel, wir sind kein Paar. Ach, ich weiß auch nicht. Ich danke dir sehr für dein Angebot, ich werde wirklich darüber nachdenken. Wenn es mit Vertrag und allem ist kann ich ja gehen, wenn ich das möchte. Das ist mir nur wichtig. Dass mir nicht gedroht wird, wenn ich das nicht mehr aushalte und gehen möchte. Und jetzt möchte ich, dass du gehst. Ich werde mich melden."

Meine Abwehrreaktion auf meine eigenen Gefühle tat mir unendlich Leid. Marcel schaute so verletzt, dass ich mir gerne selber die Zunge abschneiden wollte. Ich konnte aber nicht anders, als ihn zurück zu weisen, obwohl er mit seiner Antwort, dass wir kein Paar sind ja nur recht hatte. Was konnte er schon dafür, dass ich so verkorkst war und nicht mal einem erwachsenen Menschen meine Gefühle Beichten konnte? Stattdessen war ich wütend auf ihn und blockte ihn ab. Tolle Frau war ich. Ein super Fang.

„Natascha ich… ich wusste nicht, dass du es auch so sehr willst wie ich…"

Seine Fähigkeit mich so gut lesen zu können und meine Gefühle hinter meinen Aussagen zu verstehen machte ihn noch attraktiver. Plötzlich kam er mir ganz langsam näher, so vorsichtig wie man sich einem wilden Tier näherte.

Er nahm mein Gesicht in seine schönen Hände und sprach ganz leise

„Ich liebe dich auch Natascha"

Dann küsste er mich so sanft und liebevoll, wie ich es bis jetzt noch nie erlebt hatte. Die Welt hörte auf sich zu drehen, ich spürte nichts mehr außer einer puren Elektrizität in mir. Mein Herz wurde weich und warm, als würde es auslaufen.

Eine halbe Ewigkeit später schaute er mich an, es sah ein bisschen so aus, als hätte er Angst vor mir. Na, das waren ja tolle Aussichten.

„Marcel ich würde wirklich gerne und alles, aber ich habe so Angst dich zu verletzen, ich bin total verkorkst und du bist so wunderbar, so nett und sanft und ich bin eine total Katastrophe. Ich hoffe du kannst mir die Zeit lassen, die ich brauche…"

„Ja natürlich Natascha, mache ich das nicht die ganze Zeit schon? Und du bist nicht verkorkst, du bist die, die wunderbar ist. Wunderschön und unfassbar stark."

„Ich werde bei dir einziehen Marcel. Ich tu es einfach. Egal, was jetzt wegen Colin passiert oder Lisa…"

„Wieso denn mit Lisa?"

„Wenn sie herausfindet, dass ich mit einem anderen Mann zusammen gezogen bin…"

„Wieso sollte sie das heraus finden? Wir wechseln deine Handynummer. Wir haben mit ihr nichts am

Hut. Sie wird davon nichts erfahren. Oder wir

ziehen hier weg, ganz weit weg. Alles, was du

willst."

Egal, wie sehr ich mich freuen wollte, dieser

Enthusiasmus machte mir Angst. Denn mit Colin

war es am Anfang genauso. Und ich hatte die

Befürchtung Marcel auch in die Richtung zu

treiben, in die ich Colin führte. Die ihn dazu

brachte mich zu schlagen. Aber vielleicht war

Marcel gar nicht so leicht aus der Ruhe zu bringen?

Vielleicht mochte er genau diese Art an mir und

war nicht so schwach in seiner selbst? Ich hatte ihn

schon so oft abgewiesen und auf die Probe gestellt

und bis jetzt war er noch nie wütend deswegen.

Vielleicht war das meine Chance auf ein neues

Leben für mich und mein Baby. Und vielleicht

würde ich es bereuen, wenn ich es nicht wagen

würde. Marcel war nicht reich, aber verdiente

genug Geld, um mit uns neu anzufangen, bis ich

mein eigenes Leben ohne das Amt in den Griff

kriegen konnte. Dann konnte ich was dazu

beisteuern. Vielleicht war er auch einsam und wir

würden ihn bereichern. Was wusste man schon darüber, wieso wer welchen Menschen auswählen würde? Jeder bekommt am Ende das, was er verdient. Und vielleicht waren wir, aus welchem Grund auch immer, genau das, was der andere in seinem Leben brauchte.

„Ja Marcel, das wäre schön. Wirklich schön. Ich möchte hier weg ziehen. Nur mit dir und dem Baby. Ich vertraue dir und ich möchte momentan nichts anderes, als das."

„Oh Natascha…"

Er drückte mich sanft an sich und küsste mich. Daraufhin zog ich ihn ins Schlafzimmer, welches ich ein wenig umgestellt hatte in der Zeit.

„Bist du sicher Natascha…hier?"

„Ja, genau hier. Hier fange ich mit dir neu an. Wenn du es kannst.. ich sage ja ich bin…"

„Alles gut…"

Er küsste mich sanft, zog mich aus und wir liebten uns, wie ich es mir immer vorgestellt hatte. Bei ihm war ich frei und ohne Scham. Ich war locker und genoss jede Sekunde. Ich freute mich auf die Zeit mit ihm und war mir sicher, er war der Richtige.

7 Monate später

„Endlich können wir nach Hause Natascha. Das Krankenhaus Essen ist ja grausam."

Während Marcel unseren kleinen Marvin nach Hause trug wurde mein Herz ganz warm und weich. Die Schwangerschaft war dank ihm ein Traum und trotz meiner Angst fand er meine Stimmungsschwankungen eher belustigend als nervig. Er war einfach selbstbewusst genug für mich, so sagte er es immer.

Ich hatte ihm noch nichts davon erzählt, dass Colins Leiche vor 2 Tagen gefunden wurde. Noch bevor ich den Anruf von der Polizei bekommen hatte, kamen die Droh-SMS von Lisa. Ich wollte Marcel, nach allem, was er schon für uns getan hatte, nicht noch mehr belasten. Es würde schon alles werden, nach der ganzen Zeit war von unseren Spuren sowieso nichts mehr übrig. Marcel hatte Marvin beim Standesamt als sein Kind anerkannt und somit waren wir aus allem raus. Mein schlechtes Bauchgefühl versuchte ich dabei einfach zu verdrängen.

„Ich liebe euch beide so sehr Marcel. Du wirst es dir niemals vorstellen können."

„Doch das kann ich. Weil ich euch genauso liebe mein Engel."